KB237064

기타 치는 노인처럼

김승강

시집

문예
중앙
시선
003

기타 치는 노인처럼

김승강
시집

문예
중앙

시인의 말

자전거는 내 아들; 기타는 내 딸

그런데 아이들이 나를
아저씨라 부르네

그래 신파라서 미안해

엄살 부리지 않을게
사기 치지 않을게

차례

오리알 쥐고 산책하기

오리가 있으니 오리알도 있어야 한다는 내 추측은 옳
았다 호숫가를 따라 심은 벚나무 아래 성긴 영산홍 가지
사이로 오리가 밤새 앉았던 자리들이 보였다 그중 한 곳
에서 오리알을 발견했다 두 개나 나란히 놓여 있었다 잠
시 생각이 스쳐갔다: 지난겨울 호수 물이 꽁꽁 얼어붙어
오리들이 추위와 배고픔에 떨며 얼음 바닥 위에 서 있을
때 나는 아이들이 아빠의 손을 빌려 오리를 유혹하며 주
던 과자 부스러기 하나 오리들에게 나누어주지 못했다
미안하지만 그건 그거고 이건 이거다 산책은 이제 시작
이나 나는 누 개의 오리알을 한손에 하나씩 나누어 쥐고
가던 길을 재촉한다 바람이 차다 오리알이 차다 아니 따
뜻하다 깨질세라 오리알을 '계란을 쥐듯' 조심스럽게 쥔
다 이번에는 두 개의 알을 한꺼번에 얻었으니 하나는 내
몫으로 돌아오겠다 오리알을 손바닥으로 살살 돌려본다
오리알은 어떤 맛이었던가 나는 왜 오리알을 찾았던가
이건 오리가 내게 준 행운인가 오늘 하루 내게 주어진 행
운인가 오리는 말이 없다 알을 줍는 일은 얼마나 신성한
지 누구든 먼저 줍는 사람이 임자인 오리알을 줍는 일은

얼마나 즐거운지 오리알을 보는 순간 눈앞이 환해지는
게 얼마나 짜릿한지

두부를 위하여

　두부장수가 지나가버렸다. 급히 뛰어나왔지만 두부장수를 놓치고 말았다. 이제 며칠을 두부 없이 지내야 한다. 두부가 없는 식탁을 상상하기 어렵지 않다. 두부를 꼭 사야겠다고 나온 것도 아니었다. 두부를 사야겠다고 알려준 이는 두부장수였다. 처음부터 두부는 사도 그만 안 사도 그만이었다. 두부장수는 며칠 동안 다른 동네를 돌아다니다 다시 올 것이다. 그는 사흘에 한 번 왔다. 사흘은 기다려도 되는 시간이기도 하고 기다리지 않아도 되는 시간이다; 사흘은 뭔가를 잊을 수 있는 시간이기도 하고 그렇지 않은 시간이기도 하다. 잊을 만하면 그는 왔다. 두부 외에 계란이나 다른 반찬거리도 있었지만 나는 두부만 있으면 되었다. 와도 오래 기다려주지 않았다. 집 대문을 막 나서다 놓치고 마는 할머니들이 많았다. 그래도 그는 뒤돌아보지 않았다. 그렇다고 그가 떠나고 사흘째 되는 날 두부를 사겠다고 줄을 설 수는 없는 일이다. 두부는 있으면 좋고 없어도 그만이다. 한 사나흘 두부를 먹지 않으면 되는 일이다.

백년여인숙

기차가 도착했다. 아무도 내리지 않았다. 두 명의 여자와 한 명의 남자가 탔다. 기차는 기적도 없이 떠났다. 나는 어젯밤에 이 여인숙에 투숙했다. 동행이 있다. 여자다. 지난밤을 함께 지냈다. 우리는 어젯밤에 이 역에 내렸다. 우리 둘 외에 내린 사람은 아무도 없었다. 이 여인숙에 투숙한 것은 순전히 내 생각이었다. 그는 내 생각을 말없이 따라주었다. 나는 이 여인숙에 백 년 전에 투숙한 적이 있다. 이 역에 내린 이유와 이 여인숙에 투숙하게 된 이유는 순전히 그것 때문이었다. 백 년의 시간이 지났지만 이 여인숙은 백 년 전 그대로다. 주인 여자도 늙지 않고 그대로다. 주인 여자는 나를 알아보지 못했다. 나는 조금 섭섭했지만 곧 이해했다; 그 때문에 주인 여자는 늙지 않았을 것이다. 여인숙 마당 백일홍도 백 년 전 그 여름날처럼 붉다. 나는 어젯밤을 함께 지낸 내 옆의 여자에 대해 생각한다. 그가 처음으로 낯설다. 그는 왜 이 역에 내렸고 나를 따라 이 여인숙에 함께 투숙했을까. 지금 생각해보니 우리는 어젯밤 함께 울었던 것 같다. 그 이유는 생각나지 않는다. (기차가 온다.) 그는 아직 잠들어 있다. 기찻길 옆 오두막집 딸처럼 잘도 잔다. 나는 그를 두고 혼자 떠날 수 있을까 생각해본다. (기차가 지나갔다.) 누가 화장실에 갔다 오는지 화장실 냄새가 내 방까지 밀려온다. 나는 잠든 그를 기다리기로 하고 벽의 낙서를 읽는다. 백 년 전에 쓴 낙서들이다: 동림 사랑해 영원히 1986/12/23; 승강과 미경 여기서 하룻밤을 묵다 1993/6/19. (그러나 나는 이번에는 아무 기록도 남길 수 없다.) 나는 속옷 차림으로 쪽마루에 나와 앉았다. 문득 기차 시간이 궁금하다. 나는 습관적으로 왼쪽 가슴 쪽으로 손을 가져갔다. 디겟을 끊어두었던가, 하고 생각한다.

나는 지금 기차를 기다리고 있다. 나는 아직 떠나지 못하고 있다. 백 년 전에도 그랬던 것으로 기억한다.

밤으로의 긴 여로

나는 더 이상 못 참겠다고 말하고 말았다 아내는 희미
하게 고개를 끄덕였다 잠시 뒤 결심한 듯 아내가 말했
다: 충분히 이해한다 좋다 이렇게 하자 한 달에 한 번은
눈감아주겠다 다만 나도 함께 간다 같이 들어가겠다는
말이 아니다 일을 끝내고 나올 때까지 차 안에서 기다리
겠다 우리는 신포동으로 갔다 기찻길 옆 동네다 도시를
가로지르는 고가철로로 춘천행 밤기차가 지나갔다 나는
유리 상자 속 붉은 조명 아래 앉아 있는 여자들 중 한 여
자를 골랐다 여자는 나를 자신의 방으로 안내했다 방 안
을 희미하게 밝힌 거칠고 투박한 조명이 싫지 않았다;
내 청춘의 어느 시점으로 나를 데리고 가는 타임머신 같
았다 나는 여자를 따라 타임머신 속으로 깊이 들어갔다
지금쯤 아내는 차 안에서 나를 기다리고 있을 것이다 아
내는 무슨 생각을 하고 있을까 짐작건대 아내는 아무 생
각도 하지 않고 있을 것이다 아내와 나는 일 년 넘게 관
계를 할 수 없었다 아내와 달리 나는 건강하다 따라서 나

• 유진 오닐의 책 제목을 빌림.

는 관계가 필요했다 우리는 현명한 방법을 찾아야 했다
내 불만의 누적은 곧 아내의 부담으로 작용할 뿐이다 나
는 유리여자를 안았다 아내에게 미안했다 일을 끝내자
갑자기 추웠다 나는 이미 밖에 있었다 밖은 아직도 어둡
고 휘황했다 나는 타임머신 밖으로 튕겨 나온 것이었다
방금 내가 나온 집은 마치 자신만의 궤도를 따라 천천히
돌고 있는 행성 같았다 그 행성은 붉은 빛을 내며 아득히
멀어지고 있었다 나는 우주의 미아처럼 아내가 있는 자
동차를 향해 천천히 발을 옮겨놓았다

기타 치는 노인처럼

노인의 기타 연주는 시원찮았다 공원에 가서 옛날 소싯적에 기타 좀 치신 분 손들어보세요, 한 뒤 뽑아 데리고 온 사람 같았다 양복은 말끔히 차려 입었지만 오래전에 맞춘 양복이었다 그게 오히려 더 그럴듯했다 노인은 공원에서 뽑힌 뒤 집으로 돌아와 기타를 꺼내어 오랫동안 어루만졌다 기타를 잘 칠 필요는 없었다 노인이면 되고 기타를 조금이라도 칠 줄 알면 되었다 무대 위에 기타를 안고 앉은 노인 위로 한 줄기 조명이 떨어졌다 노인은 앙상한 손으로 기타줄을 뜯기 시작했다 베사메무초 베사메무초, 그때 무대 반대편에 또 한 줄기의 조명이 떨어지면서 젊은 여자가 나타났다 그 여자는 바이올린을 켜고 있었다 베사메무초 베사메무초, 젊은 여자가 노인이 앉은 쪽으로 바이올린을 켜면서 다가왔다 조명도 함께 움직였다 베사메무초 베사메무초, 두 사람을 따로 비추던 조명이 하나로 합쳐지면서 젊은 여자는 노인 바로 옆에 섰다 두 사람은 마주 보며 함께 베사메무초를 연주했다 노인은 앉고 젊은 여자는 섰다 젊은 여자가 노인의 연주를 받쳐주고 있었다 그게 젊은 여자의 역할이었다 노

인의 연주는 프로의 연주는 아니었지만 훌륭했다 한순
간 바닷속같이 어두운 관중석에서 박수 소리가 터져 나
왔다: 관중들은 기타 치는 노인을 보고 싶었다 공원에
가서 옛날 소싯적에 기타 좀 치신 분 손들어보세요, 한
뒤 뽑아 데려온 기타 치는 노인을 보고 싶었던 것이다 기
타줄을 뜯으며 베사메무초를 들려주는 아주 오래된 노
인을

용지호수

　창원시청 환경과 호수관리 책임자 창민은 아침 일찍 화장실에서 전화를 받았다 운동을 하던 한 시민이 전화로 거윈지 오린지 죽어 호수에 떠다니고 있다고 했다는 보고였다 호수에는 현재 기록상 네 마리의 거위와 여섯 마리의 오리를 방사하고 있었다 5월 둘째 주 토요일 아침이었다 점심시간 무렵부터 많은 사람들이 호수로 몰려올 것이다 그전에 죽은 거위를 치워야 한다 지금 호숫가로는 난초와 수련이 피고 있을 것이다 어제 보니 호수 입구에는 덩굴장미가 한창이었다 사람들은 잘 모르지만 한가롭게 호수 수면을 미끄러지듯 유영하는 오리와 거위도 수명을 다해 죽음을 맞이하거나 폐사했다 최근에는 방사한 오리와 거위들이 전에 비해 자주 죽어나갔다 창민은 전화기에 대고 더 늦기 전에 배를 띄워 사체를 치우라고 지시하고 화장실에서 나와 출근 준비를 했다 지난해에는 호수 가운데 레이저쇼용 분수를 설치하고 겨울을 빼고 봄여름가을에 저녁 시간에 분수쇼를 했다 시민들은 분수쇼에 환호했다 창민은 먼발치에서 쇼를 지켜볼 때마다 거위와 오리들은 어디에 있을까 하는 생각

이 들고는 했다 혹시 그 스트레스로 오리와 거위가 많이
죽어나가는 것은 아닐까 생각한 적이 있었다 창민은 사
무실에 들렀다가 바로 호수로 나갔다 흐린 날씨였다 가
랑비가 내리고 있었다 거위 사체는 치우고 없었다 아직
이른 시간이고 가랑비가 내리는 탓인지 우산을 들고 운
동 나온 노인 몇을 제외하고는 호수에는 사람이 거의 없
었다 창민은 먼 눈길로 동료들을 잃고도 아무 일도 없었
다는 듯 평화롭게 물 위를 유영하고 있는 거위와 오리들
을 바라보며 운동 삼아 호수를 서너 바퀴 돌았다

기차를 타고

아내가 살려달라며 울었다. 그러자 옆에서 누가 말했다: 기차를 타세요.

기차를 타려면 삭발을 해야 한다고 했다. 나는 아내의 머리를 내가 사용하던 면도기로 밀어주었다. 여보, 나도 삭발하면 안 될까. '주변머리'는 있는데 '소갈머리'가 없어서 전부터 전부 확 밀어버리고 싶었어; 안 돼요, 당신은 머리가 못생겨 보기 싫을 거예요. 둘 다 대머리로 다닐 수는 없잖아요. 아내는 우는 것 같았다. 당신 머리는 내 머리와 달리 곧 다시 날 거야. 우리는 기차를 탔다. 아내가 말했다: 늙으면 기차 여행을 실컷 하고 싶었는데 소원이 이렇게 빨리 이루어지다니. 기차는 우리를 싣고 달렸다. 아내는 기차가 나아가는 곳은 잊고 기차 밖 풍경을 보고 좋아했다. 나도 손에 책을 펼쳐 들고도 글은 한 줄도 읽지 않고 바깥 풍경에서 눈을 떼지 못했다. 이렇게 기차 여행만 하고 평생 살 수는 없을까. 기차에서 내리지 않으면 안 될까. 기차는 소실점을 향해 달렸다. 아내는 달리는 기차 창밖으로 펼쳐지는 풍경을 향해 아이처럼 활짝 웃었다.

달팽이

너는 서울에 가고 없고
내가 혼자 남아 할 수 있는 일이 뭐가 있겠니:
오늘도 어김없이 밤이 찾아왔다.
셔터를 내린다.
도로시가 아직 셔터를 내리지 않았다(그렇다고 손님
이 있는 건 아니다. 처녀인 주인 여자는 홀 한쪽 구석 어
디서 메뉴판에 그림을 그리거나 낙서를 하고 있겠지).
필레오는 손님 둘이 앉았다. 미네도 텅 비었다. 탁도희
는 사우나에서 버티듯이 결연한 자세로 앉아 있다(: 사
실은 기다림과의 싸움이다. 끝까지 기다리는 자가 이긴
다. 우리의 어머니들은 시장 바닥에서 푸성귀 몇 줌 놓고
기다리면서 우리를 대학 공부시키고 시집장가보내지 않
았던가). 토마토만 신학기에 맞추어 컴퓨터를 바꾼다고
분주하다.
한참을 망설이다 대학슈퍼에 들어가 막걸리를 두 병
샀다(늘 이런 식이다).
어두운 골목을 돌아 집으로 돌아왔다.

＞

　너는 서울에 가고 없고
　아무도 없는 방으로 돌아와 내가 혼자 할 수 있는 일이
뭐가 있겠니:
　막걸리와 김치를 상에 차려놓고 닭 목을 낚아채듯 벽
에 기대놓은 기타를 낚아챈다(기타는 멍하니 앉아 있다
갑자기 멱살을 잡힌 놈처럼 속절없이 끌려온다).

　너는 서울에 가고 없고
　내가 혼자 어두운 방에 남아 할 수 있는 일이 뭐가 있
겠니:
　기타를 뜯는다;
　기타에서 여인을 맡는다;
　여인을 안는다;
　기타가 어쩔 수 없다는 듯 안긴다;
　기타를 안은 채 술잔을 들이켠다;
　기타가 품 안에서 코 먹은 소리를 낸다.

　내일도 어김없이 이 방을 나가 자전거를 타고 안민고

개를 오를 것이다(예행연습이다).

　그러나 이번에도 기타는 등에 메지 못할 것 같다(아직
기타가 등에 착 달라붙지 않는다).

　언젠가는 기타 메고 자전거 타고 이 방을 떠날 것이다.

　기타여 네가 말해다오.•
　너는 서울에 가고 없고
　내가 혼자 남아 할 수 있는 일이 뭐가 있겠니.

• 아르헨티나의 시인이자 음악가 아따우알빠 유빵끼가 기타를 치며 부르는 노래.

푸른 피

벚나무 아래 자전거를 세워놓고 우주선 캡슐 안에서
그대가 전송한 메시지를 읽는다:
어제는 유서를 썼어요

꽃은 지고 나무 그림자는 어제보다 깊다
나는 황급히 답장을 보냈다:
마른하늘에무슨날벼락같은소리요빨리귀환이나준비
하시오은하철도기차를타고올라가겠소기다리시오

처음 그가 화장실에서 우주복으로 갈아입고 나왔을 때
속으로 울었던 기억이 난다

저 나뭇잎들은 애써 까르르 웃고 있지만
눈가로 짙어가는 그늘을 감출 수 없나 보다;
그늘진 웃음 속에서 푸른 벌레가 기다렸다는 듯 떨어
져 내렸다

한 방울의 푸른 피처럼 검은 그림자의 바다에 떨어진

벌레의 흔적은

　어디에도 없었다

빈집

그 외딴집이 나를 맞이한 방식은 대략 네 가지로 요약
할 수 있다:

백구는 내가 다가가자 멀리서도 본능적으로 인기척을
감지하고 짖어대기 시작했다.

내가 그 집을 지나친 뒤에도 한참 동안 개 짖는 소리는
나를 따라왔다(그는 분명 그만큼 외로웠을 것이다).

마당에는 닭이 여러 마리 모이를 쪼고 있었다.

그들은 나를 아랑곳하지 않고 계속 부리를 땅에 찧고
있었다.

담을 막 넘던 고양이가 나를 힐끗 한번 돌아보고 급히
뒤란으로 사라졌다.

소가 있었다;

마당 한쪽에 새색시처럼 옆으로 다소곳이 앉아 아침에
먹은 여물을 되새김질하고 있었다.

앙칼지게 짖어대는 백구와는 달리 아무런 표정 없이
간헐적으로 귀와 꼬리로 몸에 귀찮게 달라붙는 파리만
쫓고 있었다.

명자나무 울타리가 환한 봄이었다.

가족

　우리 오남매는 명절을 제외하고 부모님 생신에 맞춰 봄 가을 두 차례 모여 식사를 했다. 그런데 지난해에는 큰 자형이 폐암을, 아내가 혈액암의 일종인 다발성 골수종을 선고받는 통에 못 모였다. 처음으로 맞는 가족의 불행이었다. 불행이 닥칠 것이라고 짐작이라도 했다는 듯 (어느 가족에게나 불행은 닥치게 되어 있지 않은가) 전쟁하듯 전열을 구축하고 투병과 간호에 전념했다. 동시에 공식적인 가족 모임은 당분간 갖지 않기로 결정했다. 부모님의 뜻이 그랬다: 아픈 사람 병원에 눕혀놓고 어떻게 음식이 목구멍으로 넘어가겠느냐. 그렇게 일 년이 흘렀다. 그동안 큰 자형은 고통스런 항암치료를 수차례 받고 고비를 넘겼고, 아내는 항암치료 뒤 골수 이식까지 했지만 안타깝게도 효과가 없었다. 그래도 우리 오남매는 아직 낙오한 사람이 없음을 다행으로 여기고 더 늦기 전에 다시 모이기로 했다. 우리 남매는 못 보는 새에도 공평하게 한 살씩 더 먹었고, 부모님은 천금 같은 한 살을 더 자셨다. 진해 시루봉이 올려다 보이는 '시루봉 가든'에서 우리 남매는 오랜만에 부모님을 다시 모시고 맛있는 음식상을 받았다. 그리고 예전처럼 다시 웃었다. 가족들이 다시 모여 맛있는 음식을 함께 먹을 수 있게 됐다는 사실에 우리는 감사했다: 언젠가 우리는 하나씩 가족과 영원한 이별을 할 것이다. 그러나 가족이란 세상에 있는 동안 세상이 나누어주는 음식을 함께 맛있게 나누어 먹는 사이. 모년 모월 모일 다시 모인 가족이 있었고 맛있는 음식이 있었다. 목련은 지고 있었고 벚꽃은 피고 있었다.

자전거 도둑

　세상에서 가장 아름다운 자전거를 갖고 싶었던 소년
집은 가난하고 돈은 없었다 은륜의 자전거 행렬이 봄빛
을 퉁기며 강둑을 지나간다 가슴이 뛴다 세상에서 가장
아름다운 자전거를 타고 세상의 모든 마을과 골목을 여
행하리 자전거포에 있는 수많은 자전거 빛나는 자전거
아직 팔리지 않은 자전거 팔려가기를 기다리고 있는 자
전거 아무도 탄 적이 없는 자전거 요즘 자전거를 수리하
는 사람은 드물지 자전거포에는 늘씬하게 잘빠진 새 자
전거가 즐비하지 가로수에는 주인이 버린 자전거 두 바
퀴가 없이 가로수에 묶여 있는 자전거 무릎 꿇느니 서서
죽겠다[•]는 자전거 소년은 커서 자전거포 주인이 되리라
결심했다 세상의 모든 자전거와 함께 평생을 같이하리
자전거 안장을 보면 심장이 터지도록 페달을 밟고 달리
고 싶었다 높다랗게 솟은 안장 그래 말이 그랬지 말을 보
았다 아파트 단지 입구에 서 있던 말 엉덩이를 잔뜩 치켜
들고 있던 말 네 엉덩이가 그랬다 네 엉덩이를 타고 싶었

• 체 게바라.

다 너를 말처럼 타고 달리고 싶었다 갈기를 날리며 한 몸
이 되어 달린 뒤 가쁜 숨을 내쉬는 너를 가로수에 묶어두
고 싶었다 누가 훔쳐가기 전까지 골목에서 훔친 자전거
훔친 갈비 아니 훔친 자전거 세상에서 가장 아름다운 자
전거 누가 세상에서 가장 아름다운 자전거를 그냥 놔둘
까 세상에는 자전거 도둑이 들끓지 도둑만이 가질 수 있
는 세상에서 가장 아름다운 자전거

북한이 미사일을 발사할 때

오늘은 토요일 지난 일주일 동안 나는 열심히 갇혀 있었다 이제 자유다 나는 슈퍼마켓으로 들어갔다 소주와 돼지 목살을 샀다 이제부터 돼지 목살을 구워 티브이를 틀어놓고 소주를 천천히 음미할 수 있을 것이다 그게 내가 지난 일주일 동안 열심히 갇혀 있던 나에게 해줄 수 있는 최상의 보상이다 이제 즐길 일만 남았다 오월이다 장미가 붉다 나는 슈퍼마켓을 나와 집까지 천천히 걸었다 해가 아직 남았다 불길하다 너무 일찍 나왔나 아직 무슨 일이든 일어날 수 있다 이 주말의 내 계획이 수포로 돌아갈 수 있다 갑자기 불안하다 그랬다 그때 북한이 미사일을 발사했다 미사일은 내 집 위로 날아가며 순식간에 사라졌다 나는 전전긍긍했다 오늘 계획을 실행해야 할지 말아야 할지 고민에 빠졌다 나는 소주와 돼지 목살을 일단 냉장고에 보관했다 해가 떨어지고 있다 해가 다 떨어지면 다시 생각하자 북한이 미사일을 발사하는 이 시점에 나는 소주를 마셔야 할지 말아야 할지 고민에 빠졌다 내가 아는 사람은 북한이 미사일을 발사했으니 마라톤을 해야 한다고 했다 나는 등산을 갈지 아니면 자전

거를 타고 아직 오르지 못한 언덕을 오를지 고민하기 시
작했다

붕어빵 속에 동백꽃이

동백나무가 길게 늘어선 동백나무 울타리 앞에서
소녀 몇이 붕어빵을 먹고 있다.
붕어 한 마리가 소녀의 입속으로 사라지면
또 한 마리가 다가갔다.
소녀의 긴 손가락은 붕어를 연신 입으로 안내했다.
동백나무는 꽃이 잎 뒤에 나온다.
잎 뒤에서 고개를 내밀고 밖을 내다보는 동백꽃
나는 붕어가 소녀의 입속으로 사라지는 것을 애써 외
면한다.
동백꽃잎은 따지 못하고 질긴 동백잎만 뜯으며
소녀들이 서 있는 쪽으로 다가간다.
동백나무가 제 꽃을 하나 통째로 바닥에 내팽개친다.
제 몸에서 분리된 꽃은 아연한 듯
방금 매달려 있던 자리를 올려다본다.
동백잎은 아랑곳하지 않고 먼산바라기를 한다.
붕어빵 틀에서 연신 찍혀 나오는 붕어
깔깔거리며 웃는 소녀들의 붉은 입속으로
깊이 헤엄쳐 들어간다.

동백꽃이 이제 뭉텅뭉텅 지고 있다.
소녀들을 지나치며 나는
떨어진 동백꽃에는 눈을 맞추지 못한다.

저수지의 삼인조 색소폰 연주자

김이박씨 세 사람은 직장 동료다 부서는 다르지만 한 모임에서 자신들이 같은 생각과 취미를 갖고 있고 나이도 비슷하다는 사실을 우연히 발견하고 자주 만나게 되었다 그들의 생각은 이랬다: 더 늦기 전에 어릴 때부터 꿈꾸어왔던 일을 하겠다; 죽기 전에 악기 하나쯤은 다루겠다 그 꿈이란 색소폰 연주였다 그들은 색소폰을 열심히 배워 초등학교 동창회 체육대회 여흥시간과 같은 때 가족들이 지켜보는 가운데 많은 사람들 앞에서 멋들어지게 연주하고 싶었다 그 일을 상상하면 가슴이 뛰었다 색소폰 연주는 얼마나 멋진 일인가 색소폰을 연주할 수 있다면 얼마나 낭만적일까 어느 일요일 그들을 저수지에서 만났다 산에서 내려오는데 그들이 저수지 제방 위에서 색소폰을 불고 있었다 그동안 아침 일찍 산책 때마다 색소폰 소리를 듣고는 했다 집에서는 색소폰을 연습할 수가 없었을 것이다 다른 직원들이 출근하기 전에 출근해 색소폰을 연습했을 것이다 그동안 나는 그들에게 속으로 박수를 보내고 있었다 오늘은 휴일 한낮에 마음껏 색소폰을 불고 싶었다 나는 등산객들 중의 한 사람 등산을 하거나 낚시를 하는 사람이 있듯이 색소폰을 부는 사람도 있었다 휴일 오전 색소폰 소리가 저수지에 울려 퍼졌다 바람이 불었다 저수지 제방의 무성한 풀들이 흔들렸다 김이박씨 세 사람은 볼이 풍선처럼 부풀고 얼굴에는 핏발이 섰다 눈은 마치 사천왕처럼 금방이라도 튀어나올 것 같았다 이미 그들은 우레와 같은 박수 소리를 귀로 듣고 있었다 생애 처음으로

장마

태풍과 함께 장맛비가 쏟아져
나는 아무 데도 갈 수 없고
아무도 내게 오지 않네

젖은 바람 속으로 삶은 감자 냄새를 실어 보내는 자 누
군가;
　시를 읽다 나는 그이에게 감자가 먹고 싶다고 말하고
말았네

　감자가 익으면서 저 바람 속에 실려오는 감자 냄새는
잊었지만
　그이가 삶고 있는 감자 냄새는 집 밖으로 나가 또 누구
의 코를 간질일까;
　빗속에서는 집마다 감자가 동이 나겠네

　나는 나도 모르게 삶은 감자보다 뜨거워져서 그이를
안고 말았네
　처음부터 감자를 먹고 싶었던 것이 아니었음을 내 몸

이 먼저 고백해주었네

　우리는 낮은 창가에서
　발정한 짐승들처럼 한낮에 그 짓을 했네
　골목을 지나가는 발자국은 긴 여운을 남기고
　유리창에 듣는 빗방울은 내 목덜미를 차갑게 적셨네
　빗소리는 내 귓속 달팽이관을 연신 때리고 나는 덫에
걸린 짐승처럼 신음했네

　아무도 오지 않고
　아무에게도 가지 못한 저녁
　눅눅한 장판에 붙은 머리카락처럼 우리는 축축이 젖어
누워 있었네
　어둠이 관 뚜껑을 내리고 있었네

키나(Kina)

키나는 올해 여덟 살 계집아이 어느 날 밖에서 돌아와 무작정 기타를 사달라고 졸랐네 식당 일로 바쁜 아버지는 아무것도 묻지 않고 기타를 사주었지 키나의 기타 실력은 하루가 다르게 성장했네 저 골목 끝 어딘가 키나에게 기타를 가르쳐주는 스승이 있다고 아버지는 생각했지 학교에서 돌아오면 키나는 책가방을 내팽개치고 골목 끝으로 사라졌네 해가 저물어 집으로 돌아와 켜는 키나의 기타 소리는 한층 더 깊어져 있었지 자신의 몸보다 큰 기타를 안고 기타를 켜는 키나는 상처 입은 연인을 안은 성숙한 여인 같았지: 키나 너 어디서 기타를 배워오는 거니 키나는 대답 없이 빙그레 웃곤 했지 그러나 나는 알고 있다네 저 골목 끝의 사내를: 키나에게 기타 곡을 들려준 사내는 누구에게도 기타를 가르쳐준 적이 없지 키나는 기타 소리에 이끌려 제 발로 찾아갔지 키나는 그 기타 소리를 듣고 스스로 기타를 익혔네 키나는 올해 여덟 살 계집아이 아무도 키나에게 기타를 가르쳐주지 않았지만 키나의 기타 실력은 하루가 다르게 쑥쑥 성장했네 자신보다 큰 기타를 안고 연주하고 있는 키나는 사랑

에 빠진 성숙한 여인 같았지; 혹은 깊은 사랑의 상처를
안고 사는 쓸쓸한 여인 같았지 저 골목 끝에는 한 사내가
살고 있지: 어느 날 어디선가 바람처럼 스며들어온 한
사내가; 어느 날 키나의 영혼 속으로 쑥 들어온 기타 음
률을 들려준 사내가; 전생에 키나의 헤어진 연인일지도
모르는 사내가 사랑이 뭔지도 이별이 뭔지도 모르는 여
덟 살 계집아이 키나 하얀 도화지처럼 키나의 영혼은 순
결하지 그래서 기타 소리만 듣고도 어느 날 문득 영혼을
울리는 기타 음을 켤 수 있게 되었는지도 모르지 그렇지
만 기타를 켜지 않을 때 키나는 영락없는 여덟 살 귀여운
계집아이지

달, 딸, 무균실

　한때 태어나지 않은 내 딸의 무덤이었던 달, 그때 이야기를 좀 해보자: 나는 딸을 갖고 싶었다 세상에 태어나서 딸의 재롱을 못 보고 죽을 수는 없었다 딸을 키우며 넓고 넓은 바닷가에 살고 싶었다 딸은 커서 아비 곁을 떠나겠지 딸이 떠나면 오막살이 바닷가에서 혼자 클레멘타인을 퉁기며 오지 않을 딸을 기다리고 싶었다 그러니까 태어나 아비와 헤어질 딸과 아비의 운명을 나는 좋아했다 그러나 내 딸은 태어나지 못했다 태어나기도 전에 제 어미의 몸에서 죽었다 나는 태어나지 못한 딸을 달에 묻었다 떠난 애인의 몸에 묻었다

　이제 달은 무균실이다 아내는 달에 일 년을 가 있다 나는 기차를 타고 달에 올라가 비닐 막을 사이에 두고 아내와 손바닥을 맞댔다: 네 고통을 내가 어찌 알겠니 달은 임상실험실이다 우리는 임상실험에 참가하기로 결정했다 아내의 몸은 지금 실험 중이다 아내는 지금 부재중이다 아내는 딸뿐만 아니라 아들도 생산하지 못했다 이제 나는 꿈을 접어야겠다 태어나지 못한 자보다 태어난 자가 먼저 살아야 하지 않겠나

오늘 밤 아내의 무릎 사이에서 달이 뜬다 아내가 그 달
속으로 순순히 들어가고 있다 나는 하염없이 달을 올려
다보고 있다

내 불알친구 춘덕이는 바보다

어릴 적 같이 나무하고 서리하던 내 불알친구 춘덕이
는 바보다. 그래도 귀 먼 여자와 늦게 결혼하여 떡두꺼비
같은 아들을 셋이나 둔 한 집안의 가장. 자식들은 어떻게
키우는지 모르지만 대단한 친구다(아이들은 저들이 알
아서 큰다고 했던가?). 그래 니가 나보다 낫다. 니가 애
국자다. 그런 춘덕이가 전화를 했다: 승강아, 내가 암이
란다. 위암 3기란다. 내가 말했다: 춘덕아, 이게 웬일이
냐. 니 형수(내 아내)도 암이다. 그런데 춘덕이는 제 불
알친구 내 아내의 안부는 묻지도 않고 전화 속에서 계속
울먹인다. 무심한 놈, 아무리 바보라도 그렇지. 암이 그
렇게 무서운 줄 알면 제 암도 암이지만 불알친구 아내의
암도 걱정할 줄 알아야지: 내 불알친구 춘덕이는 천상
바보다.

능소화

저 꽃은 지는 게 아니다.

절정의 순간에 추호도 미련 없이 손을 놓아버리는
저 벼랑 위의 긴 행렬
뒤따르는 꽃이 앞선 꽃을 벼랑 아래로 밀어주는
삼천궁녀의 일사불란한 투신

앞선 주검이 뒤따르는 죽음을 받아주고 있다.

담장 코너에 설치된 시시티브이는
저 주검들이 집주인의 손을 빌려 고용한 사진사;
사진사의 카메라 앞에
죽음으로 펼쳐 보이는 황홀한 성(性)

내 눈동자의 망막 속으로 소지(燒紙)처럼 붉은 새떼가
날아갔다.

복사집을 내다
— 텍스트를 위한 쓸쓸한 영가

이 세상 마지막 시인은 젊은 날 세상을 한 바퀴 돌아온
대학가 복사집 주인이 제격일 것이다.
번역을 해도 어울리겠다.
반지하 사무실에서 옛날 시계공이 그랬듯이 전등갓에
이마를 찧으며
잔뜩 웅크린 자세로 번역을 하거나
복사기에 붙어 서서 복사를 하거나.
눈은 점점 어두워지고, 안경은 고집스럽게 쓰지 않고
지인이라도 찾아와 막걸리 한잔, 하고 말해주기를 기
다리다
혼자 술잔을 기울이며 종이의 역사, 책의 역사를 생각
하다
컴퓨터 자판에 손을 슬쩍 올려놓는
이 디지털 시대의 마지막 시인은
대학가 복사집 주인이 제격이겠다.
몇 개국 언어쯤은 쉽게 해독하면서
어떤 번역 프로그램도 번역할 수 없는 네 언어를 번역
해도 좋겠다.

네 동의 없이 네 책을 복사해
네 동의 없이 네 언어를 번역해 근근이 먹고사는
복사집 주인이 제격이겠다.

달려라 두부

나는 두부장수였다. 개장수를 따라갈까, 고물장수를
따라갈까 고민하다 두부장수를 따라가 그의 구역 일부
를 넘겨받았다.

겨울, 대구에서 새벽 두시에 출발하여 도착한 두부에
서는 더운 김이 무럭무럭 올라오고 있었다. 더운 김이 중
요했다; 더운 김을 하루 종일 가져가는 게 중요했다. 겨
울 아침 바닷가 굴막의 차가운 손들은 보온을 위해 스티
로폼 박스에 흰 천을 깔고 받아낸 따끈따끈한 두부의 온
기가 녹였다. 내 구역은 바닷가였다. 그들은 나를 기다렸
다. 나는 겨울바람을 가르며 해안가에 즐비한 굴막을 달
렸다. 나는 두부가 식는 속도를 앞질러 달렸다. 그들에게
두부의 따뜻한 온기를 전해주어야 했다. 그러나 나의 두
부는 간수가 빠지면서 죽은 자의 몸처럼 딱딱하게 굳어
가고, 그리고 천천히 저녁이 오고 있었다. 나는 이제 초
조한 마음으로 싸늘히 식어가는 두부를 싣고 그들의 마
을로 달려갔다. 저녁이 되어 그들이 하나둘 굴막에서 돌
아오고 있었다. 나는 마을 어귀에서 그들을 기다렸다. 이
제 그들은 가족을 위해 두부를 샀다. 두부는 스티로폼 박

스 안에서 흰 천에 싸여 싸늘하게 식어가고 있었다. 나는 스티로폼 박스에서 두부를 한 모씩 덜어내어 검은 비닐봉지에 넣어주었다. 그들은 차가운 두부가 든 검은 비닐봉지를 하나씩 들고 긴 그림자를 밟고 귀가했다. 어둠이 검은 비닐봉지를 지우고 있었다. 아 그때, 마을의 집들이 하나씩 등불을 내걸고 있었으니, 두부처럼 차갑게 식어가던 내 마음은 그들의 늦은 저녁 식탁처럼 따뜻해지고 있었으니…… 나는 마지막 한 모의 두부만 남기고 빈 스티로폼 박스를 싣고 그들의 마을을 떠나 집을 향해 달렸다. 달리는 차 짐칸에서 두부를 쌌던 흰 천들이 어둠 속에서 허공으로 솟구쳤다 길 위로 떨어져 내렸다.

다시 장마

비만 오면 왜 그리 맥을 못 추니:
맞다, 나는 비만 오면 맥을 못 추겠다.
다시 어머니의 자궁 속으로 들어가고 싶은 것일까.
비 오는 날에는 마치 어머니의 자궁 속에 다시 들어온
것처럼,
어머니의 양수 속인 듯 웅크리고 깊은 잠에 빠진다.
밖에 비가 내리면 나는 태어나기 전 어머니 배 밖에서
들리던 먼저 태어난 사람들의 소리를 잠 속에서 아득
히 듣는다.
나는 지금 태어나기 전으로 돌아가
다시 태어나고 싶은 것일까, 다시 태어날 준비를 하는
것일까.
사람들의 소리를 밖으로 들으며
태아처럼 웅크리고 내가 깊이 잠들어 있다.

건널목

그 기찻길 건널목을 할아버지와 반평생을 지켜온
구멍가게 할머니가 끓여 내온 김치찌개 속
두꺼운 비계의 돼지고기를 은빛 숟가락으로 건져 먹던
사람들은
가로등 그림자를 밟으며 건널목을 건너 집으로 돌아
갔다:
희미한 형광등 빛 아래
낡은 탁자 위 빈 냄비와 소주잔
빈 술병과 숟가락은
오랫동안 치워지지 않았다.

앞집 남자

그가 오늘 어찌된 일인지 수도꼭지에 호스를 꽂고 길에 물을 뿌리고 있다. 자기 집 앞에 떨어진 담배꽁초와 쓰레기만 줍고는 들어가버리는 그다. 어떤 때는 그마저도 하지 않고 집으로 들어가버리는데, 그러면 내가 그 집 앞도 쓸었다. 며칠째 폭염이 아침부터 계속되고 있다. 새벽 일찍 길상사로 백팔배를 하러 가는 그를 나는 매일 만난다. 그보다 조금 늦게 일어나 자전거를 타고 산으로 올라가면 그는 항상 저만치 앞서 걸어가고 있었다. 나는 산에서 그보다 일찍 내려와서 집 앞 청소를 하는데, 그는 항상 나보다 늦게 내려와서 자기 집으로 쏙 들어가고는 했다. 그런 그가 오늘 어쩐 일인지 수도꼭지에 호스를 연결해 길에 물을 뿌리고 있다. 나는 그가 분명 구두쇠일 것이라고 생각해왔다. 왜, 어릴 때 가난하게 커서 부자가 되어도 뭐든 함부로 못 쓰는 사람같이 말이다. 이층집 방 하나만 부부가 쓰고 나머지 방은 학생들에게 세놓고 거기다 일층과 지하층은 식당과 탁구장으로 빌려주고 세를 받는 그다. 그런데도 그는 일 년이고 이 년이고 한여름에 입는 셔츠는 그대로다.

그가 호스를 이리저리 흔들고 있다. 수돗물의 세례를
받은 아스팔트가 잔뜩 머금었던 열기를 후끈 내뱉는다.
햇빛이 흩어지는 물방울을 쫓아가 엉켜 붙자 물방울이
보석처럼 빛난다. 수돗물은 힘이 세다. 아, 그가 얼마 만
에 이웃을 위해 쓰는 선심인가. 그가 그동안 모은 재산을
보석으로 바꾸어 길에 마구 뿌리고 있다. 오늘은 그는 부
자다. 한여름 뙤약볕에 한 시간이면 말라버릴 수돗물이
파란 호스 끝에서 콸콸 쏟아져 나오고 있다. 그가, 내가
늘 마음껏 해보고 싶었던 놀이, 마른땅에 수돗물 뿌리기,
두렵고 가슴 떨리는 놀이를 하고 있다.

상처를 이야기하는 누이들에게

너희는 상처를 이야기해라 나는 술을 마시겠다 어제는
통닭튀김에 생맥주가 간절히 생각나 생맥줏집에 갔다
통닭튀김에 생맥주가 놓인 풍경은 주기적으로 머릿속에
서 떠오른다 너희는 상처를 이야기해라 나는 술을 마시
겠다 비가 내린다 긴 가뭄 끝에 내리는 단비 나는 반가워
또 술을 마신다 어제 한 맹서는 하루 만에 거둔다 너희는
상처를 이야기해라 나는 술을 마시겠다 아내가 인심 좋
게 나가서 술 한잔하고 들어오지요 한다 아내는 병들고
폐경이다 아내와 관계를 가진 적이 언제였던가 술로도
달랠 수 없는 것이 있는 법 세월은 자꾸 흐르는데 아내는
내 마음을 벌써 읽었다 너희는 상처를 이야기해라 나는
술을 마시겠다 핸드폰으로 문자가 왔다 초등학교 동창
모임 소식이다 초등학교 동창회에 나가면 여자 동창들
이 더 적극적이다 나에게는 상처가 없으니 그리움이 전
부 그리움 앞에 술은 얼마나 큰 위안인가 나는 간신히 중
년 주기적으로 통닭튀김에 생맥주의 풍경이 떠오른다
너희는 상처를 이야기해라 나는 술을 마시겠다

미스코리아 이혼하다

방금 이혼한 미스코리아: 모르겠다내가다른여자와어떻게다른지어쨌든다르게보았다그덕을보고살았다이제나도이혼했다다른여자들이이혼하듯이이혼하는여자들이그렇듯이나도죽을때까지혼자살자신은없다다르다고봐줄남자는얼마든지있다그래서미스코리아다앞으로는좀더신중해져야한다다르게봐준다고아무나만날수는없다사랑은이제사절이다남자는세상에넘쳐난다실패는한번이면족하다일단웃자웃어야지미스코리아답게옆구리를찔러두간질어도웃어야지미스코리아지미스코리아는다르다미스코리아는다르다고했다미스코리아는다를거야달라야한다모르겠다다들바보같이

칼

　아래층 놈들이 또 새벽에 들이닥쳤다 나는 잠에서 깼다 늦게까지 뒤척이다 겨우 잠든 뒤였다 매일 이런 식이다 자동차가 도착하는 소리가 들리고 놈들이 차에서 내렸다 오늘은 앙칼진 여자 소리도 들린다 자주 있는 일이다 여자 중 한 명이 오바이트를 하려는 모양이다 차에서 내리자마자 꽥꽥 소리를 내며 건물 모퉁이로 황급히 돌아갔다 놈들은 집으로 바로 들어가지 않고 현관 앞에 서서 담배를 피우고 히히덕거리며 떠들고 있다 한 놈은 여자 뒤를 따라가 등을 두드리고 있다 다른 세입자들은 지금 뭘 하는가 101호 세입자는 내가 이사 온 다음 날 아침 못 하나를 채 다 박기도 전에 튀어 올라와 단잠을 깨웠다며 불같이 화를 냈던 사람이다 그는 지금 뭘 하는가 깊은 단잠에 잘도 빠져 있을까 금속성의 문 닫는 소리가 공동주택을 한번 들었다 놓았다 놈들이 들어갔다 잠시 정적이 감돌았다 그러나 잠시였다 놈들이 아쉬웠던지 방에 들어가서도 다시 술판을 벌여 웃고 떠든다 운동 나갈 시간이다 잠을 설친 탓에 갈등이 밀려온다 오늘은 쉴까 갈등에서 벗어나고자 나는 자리를 박차고 일어났다 헬멧

을 쓰고 자전거를 꺼낸다 놈들의 방 옆을 지나간다 그때
나는 나도 모르게 놈들의 문을 두드렸다 놈들 중 한 명이
나왔다 놈들은 셋이었다: 좀 조용히 할 수 없겠는가; 당
신이 왜 참견인가; 예의가 아니지 않은가; 당신은 이 시
간에 남의 집 문을 두드리는 게 예원가; 남의 집이 아니
지 않은가 여기는 공동주택이다 뒤에 섰던 두 놈이 합류
한다 덤빌 듯하면서도 쉽게 덤비지는 않는다 생각보다
놈들이 완강하지 않다 서로 몸을 밀치다 나는 히든카드
를 꺼낸다: 계속 이러면 경찰을 부르겠다; 경찰, 그래 알
겠다 경찰은 부르지 마라 놈들에게 무슨 구린 데가 있는
모양이다 놈들이 급히 문을 닫고 들어갔다 일이 쉽게 풀
렸다 나는 자전거를 타고 저수지를 지나 산으로 올라왔
다: 내가 두려워한 건 무엇이었던가 깨어 있으면서도 잠
든 체 말 없는 101호 세입자가 두려워하는 것은 무엇일
까 돌아보면 나는 평생 칼을 두려워하며 살았다; 칼을
쓸지도 모른다는 생각으로 두려워하고 칼을 맞을 수도
있다고 생각하며 두려워했다 칼은 저들이 쓸 수도 있고
내가 쓸 수도 있다 저들은 칼을 품고 있었을까

아무도 모르게

그 여자 24시 슈퍼마켓에 들어간다 어젯밤 내가 가슴에 찔러준 돈으로 생수 한 병을 사 길게 들이켠다 또 하루가 밝았다 비로소 딸아이 생각을 한다 딸아이와 단둘이 산다 딸아이가 일어나기 전에 집으로 돌아가야 한다 여자가 서두른다 딸아이 아침을 챙기고 등교 준비를 도와야 한다 어젯밤 딸이 잠드는 걸 확인하고 집을 빠져나왔다 딸아이가 한밤에 깨어나도 상관없다 딸아이는 엄마가 돈을 벌어야 한다는 것을 잘 안다 노래방에서 일하는 것을 안다 노래방은 밤에 일할 수밖에 없다는 사실쯤은 안다 일전에 그 여자를 길거리에서 본 적이 있다 그렇지만 노래방에서 만날 줄은 몰랐다 그렇다고 달라진 것은 없다 내일이라도 또 길거리에서 우연히 마주칠 수 있다 그때 그랬듯이 우리는 아무 사이도 아니다 그 여자는 나를 알아보지 못할 수도 있다 나는 어제 오랜만에 노래방을 찾았다 그 여자는 노래방에 나가는 게 생업이다 그 차이다 그 여자가 나를 알아보지 못할 수도 있다면 노래방에서 사내들이 찔러주는 돈으로 그 여자는 간신히 하루하루를 버티고 있다 새벽에 나는 홀쭉해진 지갑을 느

껐다 나는 또 낮에 돈을 벌어 지갑을 겨우겨우 채울 것이
다 그러다 간혹 아주 간혹 노래방을 찾을 것이다 우리는
노래방에서 다시 만날 수 있다 그때 그 여자 싱긋 웃어줄
까 아무도 모르게 웃어주면 좋을 텐데: 노래방이 많은
정겨운 우리 동네

다시 기차를 타고

기차는 도착하지 말라고 있는 것이다 기차는 내리지 말라고 있는 것이다 기차는 기다리지 말라고 있는 것이다 기차는 떠나지 말라고 있는 것이다 기차는 무한궤도를 돌라고 있는 것이다 기차는 소실점을 향해 달리라고 있는 것이다 기차는 평행선을 달리라고 있는 것이다 기차는 기찻길 옆 오막살이 소녀의 잠 속에서 달리라고 있는 것이다 기차는 흐린 불빛의 여인숙을 향해 달리는 것이다 기차는 김밥을 싣고 달리는 것이다 기차는 계란을 싣고 달리는 것이다 기차는 오징어나 땅콩을 싣고 달리는 것이다 기차는 밤을 향해 달리는 것이다 기차는 상행선으로 달리는 것이다 기차는 하행선으로 달리는 것이다 기차는 오줌 냄새를 풍기며 달리는 것이다 기차는 풍경과 이별하며 달리는 것이다 기차는 고속버스 대신 달리는 것이다 기차는 칙칙폭폭 달리는 것이다 기차는 탄을 때며 달리는 것이다 기차는 시베리아 벌판을 달리는 것이다 기차는 시베리아 벌판 너머 유럽 대륙으로 달리는 것이다 기차는 은하철도를 달리는 것이다 기차는 철이가 타고 달리는 것이다 기차는 병든 아내가 타고 달리

는 것이다 기차는 아내와 내가 타고 달리는 것이다 기차
는 병원을 향해 달리는 것이다 기차는 암 병동으로 달리
는 것이다 기차는 무균실로 달리는 것이다 기차는 한강
다리를 건너며 달리는 것이다 기차는 여의도를 향해 달
리는 것이다 기차는 육삼빌딩을 보며 달리는 것이다 기
차는 여의도 성모병원으로 달리는 것이다 기차는 서울
역으로 달리는 것이다 기차는 밀양역으로 달리는 것이
다 기차는 환승역을 향해 달리는 것이다 기차는 죽음을
향해 달리는 것이다 기차는

자전거를 타고

사내는 새벽에 자전거를 타고 산으로 향했다. 자전거 페달을 밟고 올라갈 수 있는 곳까지 올라갔다. 내려오는 길에 길상사에 들러 절을 했다. 얼마 전부터 사내는 백팔배를 시작했다. 백팔배를 끝내고 저수지로 갔다. 저수지 방파제 위로 한 무리의 늙은 여자들이 몰려가고 있었다. 그 뒤로 부부로 보이는 중년의 남녀가 걸어가고 있었다. 사람들의 그림자가 저수지에 비쳤다. 사내는 노루가 언덕을 달리다 멈춰 서서 뒤돌아보듯 가던 길을 멈추고 저수지에 비치는 사람들의 그림자를 한참 들여다보았다. 사내는 다시 자전거 페달을 밟았다. 자전거는 제방 위로 경쾌하게 굴러갔다. 산에서 내려와 사내는 대학가 피시방 골목에 있는 사무실 문을 열고 빗자루로 골목을 쓸었다. 지난밤에 축제가 있었다. 토사물이며 담배꽁초, 쓰레기들이 가득했다. 학생 몇 명이 부스스한 머리를 하고 피시방에서 나왔다. 피시방에서 밤을 새운 학생들이다. 한 학생이 지나가면서 피우던 담배를 사내 빗자루 밑으로 내던졌다. 순간 사내가 멈칫했다. 사내는 허리를 펴려다 말고 계속 쓸었다. 사내는 이때쯤 이층집에서 누가 보고 있다는 것을 안다. 누나다. 누나는 사내가 새벽 운동을 마치고 돌아와 골목을 청소하는 것을 대견해했다. 이웃 사람들 보기에도 좋다고 했다. 누나는 청소하는 사내를 내려다보고 밥 먹으러 올라오라고 했다. 사내는 못 들은 체했다. 대신 사내는 핸드폰을 호주머니에서 꺼내 어딘가로 전화를 했다. 아내다. 그의 아내는 우주선 캡슐에 들어가 있다. 병원 암 병동의 무균실을 그렇게 불렀다. 아내에게 간밤에 잘 잤느냐, 몸은 별다른 이상이 없느냐고 묻고, 오늘은 밥을 좀 먹을 수 있겠느냐고 마지막으로 묻는다. 아내는 오히려 사내의 밥을 걱정했다. 그때 쓰레기 수거차가 골목으로 들어왔다. 사내는 그때서야 전화를 끊었다. 사내가 코를 찔렀다. 쓰레기 수거차가 지나가자 사내도 청소를 마쳤다. 사내는 자전거를 끌고 집으로 돌아와 씻었다. 사내는 혼자 식사를 하고 자전거를 타고 사무실로 출근을 했다.

봤어?

　너희들 골목길 모퉁이에서 누가 내다 버린 티브이 수상기가 봄비에 젖고 있는 거 봤어? 그때 일찍 산책을 하고 있었지. 사람들의 발길이 뜸했어. 그곳은 원래 벚나무들이 많이 있는 곳이지. 길모퉁이를 막 들어서는데 누가 나를 주시하고 있는 느낌이 드는 거야. 이십칠 인치쯤 되는 티브이 수상기였어. 그는 내가 길모퉁이를 돌아설 때부터 주시하고 있었던 거야. 속절없이 비를 맞고 있었지. 그가 앉아 있는 위로 벚나무가 가지를 드리우고 있었지. 벚꽃이 지고 있었어. 벚꽃이 질 때면 꼭 비가 오잖아. 꽃잎이 그 위로 떨어져 흘러내리고 있었지. 하필 벚나무 아래 버려졌던 거야. 나는 이 광경을 어떻게 이해해야 할지 몰라 잠시 그 앞에서 머뭇거렸지. 처연한 생각이 들더라. 그를 갖다 버린 사람은 분명 이곳을 골라 버렸을 거야. 그는 마지막으로 앉은 자리로서는 좋은 자리에 앉은 셈이었어. 내 시선을 잡은 것만으로도 성공했으니까. 그가 분명 뭔가를 말하려 하고 있다는 느낌을 받았어. 물론 그 말은 내 안에서 누가 그를 대신해 하고 있는 말이었지만 말이야. 그의 시선을 느낀 순간부터 내가 그 앞에 설 때까지 우리는 잠시도 서로에게서 시선을 거두지 않았지. 우리는 서로를 자신의 눈 속에 넣어두기라도 하려는 듯 그렇게 서로 뚫어지게 쳐다보고 있었지. 며칠이 지났어. 다시 거길 지나는데 그가 없더라고. 누가 다른 데로 옮긴 거겠지. 청소차가 싣고 갔을 거야. 비도 이젠 그쳤어. 그런데 이상한 건 요즘도 그 길모퉁이를 들어서면 그가 꼭 나를 주시하고 있을 것 같다는 거야. 너희들 봄비가 오는데 티브이 수상기가 퀭한 눈을 하고 벚나무 아래서 비에 속절없이 젖고 있는 거 봤어?

자판기 커피는 내가 빼올게

너는 방파제 끝에 서서 수평선을 바라보고 있다.

해풍은 네 귀밑머리를 들추고 귀엣말로 뭐라뭐라 소곤
거리고 있다.

나는 아직 한 번도 그렇게 해보지 못했다.

그사이, 그러니까

내가 네게서 돌아서서, 어떤 횟집 앞에 있는 자판기로
가서,

동전을 집어넣고 두 잔의 커피를 빼올 동안

너는 나를 까마득히 잊고 있었다.

나는 내 뒤에서 비로소 그 사실을 깨닫는다.

나는 네게 줄 커피와 내가 마실 커피를 양손에 하나씩
들고

네 뒤에서 머뭇거리며 서 있다.

네가 내게로 돌아설 때까지.

아프리카

한 소년이 네 발로 서서 물을 마시고 있다 사방을 둘러
보아도 그늘 한 점 없다 태양은 정수리 위에서 타오르고
있다 소년의 그림자가 물에 비친다 물은 소년을 온전히
담아내지 못한다 흙탕물이다 멀리서 정말 소떼가 몰려
온다 물을 찾는 소떼다 소년은 혼자다 소년은 왜 그 들판
에 혼자 뚝 떨어져 있을까 물은 지프차가 지나가면서 남
긴 바퀴 자국에 고였다 지프차가 소년을 이 들판에 싣고
온 걸까 어디로 가야 하나 소년은 그 해답을 찾기 전에는
일어설 수 없다는 듯 물에 세속 고를 박고 있다 소떼의
그림자가 점점 가까이 다가오고 있다 한때 우레 소리를
동반했던 소떼다

동백과 화산

파마약물에 감염된 뒤 낫지 않고 애를 먹인다는 아내 머리의 버짐은 결혼하기 전부터 있던 것인지 결혼 후에 생긴 것인지 기억나지 않는다(그걸 혼자 곰곰 따져본 적이 있다). 피부과 의사는 왜 낫지 않느냐고, 낫지 않을 이유가 없다고 역정을 낸다고 한다. 그 고약한 놈은 약을 바르면 바른 그때 조금 낫다 며칠 지나면 다시 올라왔다. 의사에게 역정을 듣고 약을 받아온 날 아내가 내 눈치를 보며 동그란 약통을 조심스럽게 내민다. 버짐이 또 번진 모양이다. 나는 아내가 연고제를 내밀면서 속으로 얼마나 곤혹스러워하는지 안다. 그것은 내가 음심이 동해 불쑥 한번 하자고 말해놓고 멋쩍어하는 것과 비슷하지 않을까 짐작한다. (그대는 그 말을 어떻게 꺼내는가?) 나는 아내의 머리통을 사타구니 사이에 넣고 정성을 다해 약을 발라준다. 그러면서 아내가 내 귀두를 애무해줄 때를 생각한다. 아내가 내 사타구니에 코를 박고 입으로 내 귀두를 정성껏 애무할 때는 쾌감보다는 고마운 마음이 앞섰다. 그 고마움을 이 기회에 갚는 것이다. 아내도 나에게 고마워하고 있을 것이다. 그렇다. 그것은 고마운 일

이다. 내가 아내의 머리의 동백꽃에 연고제를 발라주는
일이나 아내가 내 귀두의 화산을 애무하는 일은 서로에
게 눈물겹도록 고맙고 미안한 일인 것이다.

계단, 이카로스의 추락

아내는 계단이 무섭다고 했다.
어머니께서 계단을 무서워하는 건 보았지만
아내가 무서워하리라고는 상상도 못했다.
계단이 있는 집으로는 이사하지 말자고 할 때까지도
나는 몰랐다, 아내가 계단을 무서워한다는 사실을.
나는 우선 이층 정도 높이의 꿈을 꾸고 있었다.
이층 정도 높이에서 바라보는 이웃의 집들과
먼 산들의 풍경이 좋았다.
내가 이층 정도의 꿈의 높이를 쌓아가는 동안
아내는 나를 응원하면서 열심히 따라왔다.
내가 좋아하는 높이의 풍경들을 같이 아껴주었다.
그전에는 이층이 아니라 십층 이상의 높이도 함께 올
라가
발아래 사물들의 꿈을 꾸기도 했다.
그런데 벌써 이층이 문제였다.
엘리베이터로 올라가기에는 낯 뜨거운 높이;
그러나 내 꿈의 호흡이 밀고 올라가기에는 가장 적합
한 높이

그 높이로 가는 계단을 아내가 무서워하고 있었다:

어느 날 나는 정확히 열두 계단을 올라갔다.

아직 호흡이 턱에 차지 않았는데도

계단은 잠시 옆으로 휘돌아갔다.

180도를 돌아 계단은 다시 시작되었다.

나는 다시 열두 계단을 올라갔다.

그 끝에서 아내가 꽃잎으로 떨어져 있었다.

일층 바닥으로.

가을 산책

나는 뒷문으로 드나들었다.
뒷문에 이르는 길이 좋았다.
정문에 이르는 길이 붐빌 때
뒷문에 이르는 길은 한적했다.
가을, 늦가을, 오전
막 청소를 끝낸 뒷문 앞 작은 슈퍼마켓
입구에 내놓은 국화 화분의 노란 국화 꽃잎에
태양이 돋보기로 햇살을 쏘아대고 있을 때
뒷문으로 한 사람이 방금 들어간 뒤
그것에 화답하듯 이번에는 뒷문으로 한 사람이 나와
슈퍼마켓으로 들어갔다.
그뿐이었다; 그러고는 한참 동안 인적이 없었다.
그 틈을 타 나는 뒷문을 지나 키 큰 튤립나무가 서 있
는 그의 중심을 향해 천천히 걸어 들어갔다.

저수지가 내려다보이는 곳

저수지가 내려다보이는 곳에 그가 누워 있었다:

누가 이 자리를 처음 발견했을까.

그는 언제부터 여기 누워 있을까.

그가 누운 곳에서 서쪽으로 저수지가 내려다보였다:

저수지가 생기기 전부터 누워 있었을까.

저수지가 생기고 난 뒤로 누워 있을까.

저수지 너머로 해 지는 광경이 눈에 들어왔다.

막 지는 해가 저수지의 수면을 밟고 와 무덤에 닿고 있었다.

(아 그래서 그가 여기 누웠구나!)

저수지를 내려다보려고 거길 골랐을까.

해 지는 광경을 보려고 거길 골랐을까.

주위로 물푸레나무가 빙 둘러서서

하늘을 다 가리고도 남았는데

유독 서쪽만은 환하게 트여 있었다.

저수지를 내려다보면서 지는 해를 바라볼 수 있다는 것은 분명 행운이다.

난향(蘭香)

김시탁 시인이 술잔을 내려놓고 사인펜으로 종이 냅킨
에 또 난을 친다.
꽃잎은 고추장으로 붉게 묻히고 오른쪽 옆에는
사시청청불변심(四時淸淸不變心)이라 쓴다.
기다렸다는 듯 공영해 시인이 왼쪽 옆에 문향(聞香)이
라 쓰고
"향을 듣다"라고 부연한다.
나는 난을 몰라 이들의 놀음에 끼어들지 못하고 있다가
이때다 싶어 "향을 맡다"라며 거든다.
이부용 시인은 화장실에 가고 자리를 비우고 없었다.

아, 그러나 밤늦게 이미 익숙해진 향의 한 송이 꽃을
향해
코를 앞세우고 돌아오다 다시 생각해보았다.

오늘같이 이른 봄밤에는 향은 바람에게 물어 듣자;
아직 다 피기도 전에 성급하게 킁킁대며 향을 맡으려
들지 말자;

이 밤에 피고 있을 꽃은 먼발치에서 향을 소식으로
듣자.

골목에서 꽃을 사열하다

담장을 허물겠다는 네 말에 동의할 수 없다;
담장이 우리 사이를 가로막는 장벽이라는
네 생각에 동의할 수 없다;
고궁의 높은 담장 안은 아니어도 내 낮은 담장 안에 가
꾼 작은
꽃밭을 포기할 수 없다.

너는 담장 안에 장미를 가꾸었고
나는 목련을 심었다.
너는 장미를 닮고자 했고
나는 목련을 닮고 싶었다.
담장이 없으면 골목은 없다.
골목이 없었으면 우리 사랑도 없었다.

담장을 허물고 주차 공간을 넓히자는
네 생각에 동의할 수 없다.
담장은 고개를 젖혀 웃어 젖힐 때
목젖이 보이지 않게 살짝 가려주는 손바닥 같은 것.

＞

   담장을 허물고 이참에 서로의 마음의 수문을 열어젖히고 사랑의

   저수를 방류하자는 네 말에 동의할 수 없다;

   떨리는 가슴으로 너를 대문 앞까지 데려다준 수많은 날들을

   포기할 수 없다;

   담장 안의 네 작은 정원에 가꾼 장미를 꺾어버리겠다는 네 말은

   위험하다;

   내 정원의 목련을 베어버리라는 네 말은 무섭다.

   내가 키운 꽃은 물론

   네가 키운 꽃의 열병(閱兵)을

   나는 포기할 수 없다.

목련과 돼지

무덤은 돼지 농장을 가로질러 야트막한 야산 중턱에
있었다.
나는 무덤의 주인은 알지만
그가 어떻게 돼지 농장을 가로질러 갔는지는 모른다.
돼지 농장을 가로질러 무덤으로 가는 초입에
양쪽으로 백목련이 병정처럼 서 있었다.
목련은 무덤을 안내하는 게 아니라
무덤으로 가는 길을 안내했다; 길은 무덤을 안내했다.
그러나 무덤은 길 끝에 있는 게 아니라 길옆에 있었다.
돼지 농장에 다시 봄이 와 있었다.
목련은 벌써 발아래로 꽃잎을 떨어뜨리고 있었다.
미처 떨어뜨리지 못한 잎들은 시든 채 나뭇가지에 그
대로 매달려 있었다.
떨어진 꽃잎이나 떨어지지 않은 꽃잎이나 모두 노랬다.
무덤 앞에서 두 번 절하고 종이컵에 술을 부어
무덤을 한 바퀴 돌며 뿌리고 돌아서는데
돼지 농장에서 올라온 냄새가 입속으로 들이닥쳤다.
냄새에는 종돈 수퇘지의 울음소리가 섞여 있었다.

나는 크게 한번 숨을 들이켜고 입속엣것을 뱉어냈다.
냄새와 함께 꽃잎이 따라 나왔다.

꼭지

나와 술친구인 옆집 다정다맛식당 김씨는
삼겹살을 구워 같이 술을 마실 때 이상한 버릇이 있
었다.
다 좋은데 그 버릇이 마음에 들지 않았다.
그것도 처음에는 모르다 며칠 전에야 알았다:
그는 술을 마실 때
오른손으로 소주잔을 들고 소주를 먼저 입에 틀어넣고
나서
깻잎과 상추에 싼 삼겹살을 입으로 가져갔다.
그런데 그 뒤가 문제였다.
입으로 갔던 쌈을 쥐었던 양손 중 왼손이
일을 끝내고도 입가에서 머뭇거리고 있었다.
왼손은 이빨의 도움을 받아 깻잎과 상추의 꼭지를
마지막으로 뜯어내고 있는 중이었다.
깻잎과 상추의 꼭지를 뜯어낸 뒤에야
비로소 그의 기름진 얼굴에는 세상에서 가장 행복한
미소가 번지고
동시에 입속에서 크, 하는 소리가 흘러나왔다.

나는 처음에 무슨 대단한 발견이라도 한 듯 놀랐다.

그동안 그렇게 술을 같이 마시고도 그의 버릇을

발견하지 못한 내가 어리석게 느껴질 정도였다.

나는 비로소 그 앞에 그의 입으로 들어가기 직전에 끌려나온

상추와 깻잎의 꼭지들이 수북이 쌓여 있는 것을 보았다.

그것들은 무리와 떨어져 외롭게 남겨진 길 잃은 순한 짐승 같았다.

몸뚱이와 방금 분리된 도마뱀 꼬리 같았다.

또는, 난파선에서 품의 아이를 무사히 구조선에 태워 보내고

안도하면서 마지막 숨을 거칠게 몰아쉬고 있는 어머니 같았다.

백일홍

오전 열한시 라디오에서 흘러나오는 김기덕의 골든디스크 오프닝 곡은 서럽다. 김기덕은 라디오 방송만 몇 십 년째 하고 있다는데, 오전 열한시에 마시는 달콤한 커피 같은 그의 목소리를 듣다 문득 그가 과연 술은 마시는지 궁금했던 적이 있다. 김기덕처럼 오래 라디오 방송만 하던 입바른 디제이 이종환은 몇 년 전 여름 어떤 지방 방송국 개국 기념으로 현지에서 방송을 하다 전날 마신 술이 다 깨지 않아 방송 중에 실수를 해 시청자들의 항의로 낙마했다. 그는 전날 그곳으로 내려가 술을 마시고 대취했다 한다. 그 뒤 복귀를 노렸지만 시청자들은 그를 용서하지 않았다. 나는 여름을 싫어했지만 어느 날 한적한 지방 국도를 달리다 그만 여름이 좋아졌다. 그때 김기덕의 골든디스크가 라디오에서 흘러나오고 있었는데, 김기덕의 목소리에서 오히려 이종환을 들었고 차창 밖에는 백일홍나무가 서 있었다. 나는 지금 김기덕의 골든디스크를 들으며 백일홍나무가 줄지어 선 국도를 달리고 있다. 김기덕보다 더 오래 라디오 디제이를 하던, 김기덕의 커피처럼 달콤한 목소리와 달리 전날 마신 술이 덜 깬 것

같은 목소리로 방송을 하던 이종환이 여름 땡볕 아래서
상기된 얼굴로 긴 벌을 서고 있다.

벌초

그는 자신에게 이르는 길을 자꾸 지우려 하고 있었다.

그가 지운 길을 찾아 나선 우리 일행의 리더는
무성하게 자란 풀과 나뭇가지들을 연신 낫으로 쳐냈다.
길은 그새 지워지고 없었다.
그러나 늘 그랬듯이 그는 잠시 머뭇거리다
그에게로 가는 길을 다시 찾아냈다.

해마다 풀과 나뭇가지들이 지우는 길, 그가 풀과 나뭇
가지들을 시켜
지우는 길과 그 길을 찾아 나서는 자들 간에는
이렇게 잠시 실랑이가 벌어졌다.
자신에게로 난 길을 지우려는 자와
그 길을 끝내 찾아 산 아래의 큰 길과 이어놓는 자들
간의 이 일,
이 일이 지금까지 지속되어온 연유에는
한 가지 비밀이 있었다.
그것은; 무덤의 주인은 자신에게로 이르는 길,

한번이라도 인간이 밟은 적이 있는 길의
　환한, 엑스레이 사진 속의 뼈 같은 길의 뼈는 지우지는
못한다는 것과,
　그 길을 찾아 나서는 이에게는
　그 길의 엑스레이 사진이 머릿속에 인화되어 있어서
　어느 순간 그 길이 그에게 환하게 드러난다는 것이다.

　그대에게로 가는 길은 조금씩 지워지면서도
풀과 나뭇가지들 사이에서 여전히 환하게 누워 있었다.

달을 힐끗,

달을 힐끗 올려다보았다.
거기 놀랍게도 내 아이가 자라고 있었다.
이제 막 생긴 심장이
팔딱팔딱 뛰고 있었다.
눈도 까맣게 자리를 잡았다.
몸통과 손발도 구분이 되었다.
메스가 들어오기 전에 빨리
서쪽으로 넘어가야 할 달이었다.
두 손 모아 기도라도 해야 할 달이 없다.

내가 버린 아이였다.

내 아이의 무덤이었다.

카페 도로시

도로시는 저러다 문 닫지 옆집 미네는 손님들이 연신 들락거리는데 파리만 날리고 있으니: 북적거리는 미네에서 점심으로 냉면을 먹고 나오다 또 도로시로 눈이 가고 말았어 참 이상해 도로시 아가씨는 자꾸 유리창에 낙서만 하고 있으니 유리창이 온통 낙서장이 되어버렸어 개업할 때 보니까 엄마로 보이는 여자가 있던데 요즘은 나오지도 않나 봐 손님들이 한창 붐빌 점심시간에도 혼자 우두커니 앉아 있으니 손님이 없어 그런가 들락거리는 남자가 없는 걸로 봐서 이혼한 엄마와 딸인 것 같아 지금 생각해보니 엄마는 카페를 하기에는 나이가 너무 들어 보였고 딸은 너무 어려 이제 막 대학을 졸업하고 할 일이 없었던 모양이야 이혼 위자료로 시작한 게 아닐까 위자료까지 날려버리면 저 모녀는 무얼 먹고 살지 대학가에서 학생들을 상대로 해도 그렇지 카페는 늙지도 젊지도 않은 중년의 여자가 제격이야 첫사랑의 기억을 아직 간직하고 있을 것 같은 중년의 여자 나는 카페 주인이 꿈인 여자들을 몇 알지: (하루는 항상 똑같이 시작되지) 출근하자마자 이프유고어웨이˙로 시작되는 샹송 음악

시디를 튼다; 원두커피를 내린다; 밀대를 든다; 제라늄
화분에 물을 준다; 길고양이 먹이를 내놓는다; 커피를
들고 창가 의자에 앉는다; 커피를 천천히 음미하면서 여
성잡지를 뒤적인다; 간혹 잊고 있었다는 듯 창밖을 내다
본다 장사는 밑지지만 않으면 돼 소일거리가 있다는 게
중요하니까 통장에는 크게 생활비를 걱정하지 않아도
될 돈은 들어 있지 어쩌다 멋진 사내에게 눈이 가는 것은
어쩔 수가 없어 그러나 연애하고 싶을 정도로 마음에 쏙
드는 남자가 있어도 마음 뺏기는 것은 절대 금물! 남자
에게 마음을 홀딱 다 주어버리는 여자는 카페 주인 자격
미달! 연애는 은밀히 하되 한 남자에게 마음을 다 주지
말 것! 그런데 도로시는 저러다 문 닫지 파리만 날리고
유리창은 낙서만 늘어가고 있으니 도로시 아가씨는 첫
사랑 딱지는 떼긴 뗀 걸까 혹시 몇 년 전 인기리에 방영
되었던 엠비시 수목 드라마 커피프린스를 보았던 건 아
닐까 그때 윤은혜는 카페 유리창에 매직으로 예쁘고 앙

• If you go away

증맞게 그림을 그리고는 했지 유리창이 메뉴판인 것처럼 내가 봐도 순수하고 멋졌지 도로시 아가씨는 카페 주인이 되기에는 아직 너무 어려 카페는 유리창에 그림만 그럴싸하게 그린다고 할 수 있는 건 아니지

나비와 트럭

그곳은 우주처럼 거대한 꽃밭이었습니다.

나비들이 한창 낮술판을 벌이고 있었습니다.
이제 막 마음에 드는 꽃에 내려앉는 나비와
벌써 취해 앉았던 자리를 떠나 공중으로 비틀거리며 날
아오르는 나비들로
꽃밭은 붐볐습니다.
나는 꽃밭 가운데로 난 길을 걸으며
나비들의 술판을 기웃거리며 침만 꼴깍꼴깍 삼키고 있
었습니다.

그가 그랬습니다; 무던히도 낮술을 좋아했습니다.
술이 거나하게 취하면 술자리를 미련 없이 박차고 일어나
나비처럼 대낮의 거리를 혼자 훨훨 걸어갔습니다.
그때 우리는 우주처럼 거대한 꽃밭을 나비처럼 날아다
녔습니다.

운명처럼 그는 한낮에 낮술에 취해 이 세상을 떠났습니다.

당시 나와 놀던 꽃밭이 달라 그가 어느 꽃밭에서 취했
는지는 알 수 없었지만

사고를 당했다는 소식을 듣고 병원에 도착했을 때는
그는 이미 식물인간이 되어 있었습니다.

낮술에 취해 길을 건너다 트럭에 치였다고 했습니다.

그는 달려오는 트럭을 나비처럼 사뿐히 날아올라 피하
지는 못한 것입니다.

오늘 밤 우주에 거대한 술판이 벌어졌습니다

사람을 잘 모으던 그가 저곳에서는 한밤에 술꾼들을
불러 모았을 것입니다.

저 먼 우주의 꽃밭에서 그는 나비처럼 훨훨 마음껏 날
아다니고 있을 것입니다.

이 지상에도 무사히 한낮이 가고 저 건너 우주의 술판
에 화답이라도 하듯

수많은 별들이 떠올라 거대한 우주의 꽃밭을 이루고
있습니다.

진주식당 영화사

그 꼬부랑 할머니의 식당에서 식사를 하고 있던 사람
이 보았을 때는
나는 그냥 지나가는 행인에 불과했겠지
그러나 나는 보았다네
그 짧은 순간에
그 식당에 놓인 두 개의 낡은 식탁과 여덟 개의 의자를;
처음에는 세를 얻어 들어왔지만
오랜 시간이 지나면서
누구도 사지도 팔지도 않았는데도
자연스럽게 그 할머니 집이 되어버린 식당
밖 출입문 옆 벽에
좁은 골목을 지나가는 사람들을 간신히 비켜 차렷 자
세로 선
붉은 플라스틱 화분 속의 키 큰 접시꽃을;
그때 나는 지나가지도 않은 길고양이 한 마리를 보았고
그 길고양이가 할머니의 동무가 아닐까 생각했지:
비 오는 날이면
처마도 없는 그 집을 단골 몇이 점심시간이 되기도 전에

점심 식사를 핑계로 술잔을 기울이며
오래된 추억의 영화를 보듯 지나가는 사람들을 바라보
겠지
그때 할머니는 추억이나 영화 따위에는 관심이 없다
는 듯
객석에서 불쑥 일어나
길고양이를 위해 손님이 먹다 남긴 생선 한 토막을
화면 속으로 훌쩍 던지겠지
그리면 이디선가 나다닌 비에 젖은 길고양이가
화면 속으로 조심스럽게 걸어 들어와
생선을 물고 화면 밖으로 사라지겠지

나는 그 식당의 출입문이 그동안 찍은 수많은 필름의
한 컷으로
그 식당을 지나왔다네

새와 나무

낯익은 새 한 마리 날아와
이 가지에서 저 가지로 옮겨 앉다,
훌쩍 다른 나무로 날아갔다,

또 날아왔다,

또 날아갔다.

내게로 왔다, 네게로 갔다;
네게로 갔다, 내게로 왔다.

그렇게 수없이 되풀이했다.

새가 앉았다 간 흔적은 없지만
새가 앉았다 간 자리는 있다;
네가 왔다 간 흔적은 없지만
네가 왔다 간 자리는 있다.

네가 오지 않았지만 네가 왔다 갔다.

기적같이
나는 또 봄을 맞을 것이다.

부기우기•

― 애국자들

　부기라는 이름을 가진 친구가 있었지 누가 먼저 그랬는지는 모르지만 우리는 그를 부기우기라고 부르고는 했네 그때면 그는 화를 내지는 않았지만 싫은 표정을 지었지 놀린다고 생각했겠지 그러나 이쪽에서 놀리자고 부기우기라고 한 적은 없었던 것 같네 노래가 있었지 이렇게 시작하는 노래가: 항구의 일번지 부기우기 일번지 그 노래 때문이었겠지 우리가 부기를 부기우기라고 불렀던 것은 그런데 그가 싫어한 이유는 무엇이었겠나 그 친구는 그 노래와는 전혀 달랐네 떠도는 사내의 자유분방한 체취도 일번지의 마초의 풍취도 없었지 그가 집안 내력으로 성격을 그렇게 타고났는지는 모르겠지만 나는 오늘 다르게 해석하고 싶네: 그가 공업고등학교를 막 졸업했을 때 갑자기 아버지가 사고로 돌아가셨다네 그는 장남이었고 밑으로 그만 바라보는 동생들이 여럿 있었지 반 아버지로 살아가야 했을 거야 가족을 위한 그의 결심은 단단해 보였고 그는 성실했어 홀어머니를 모시고

• 부기우기(boogie woogie): 템포가 빠른 재즈.

동생들을 잘 돌봤지 우리는 가끔 만나 술을 한잔씩 했는데 그때마다 그는 늦게까지 앉아 있는 법이 없었네 그는 돌아가야 했네 그래야 다음 날 일찍 출근할 수 있었으니까 아직 직장에 출근하지 않았던 나는 그를 붙잡고 싶었지만 그럴 수 없었어 그가 새벽같이 일어나야 한다는 사실을 잘 알고 있었으니까 나는 항상 술자리에서 먼저 일어서야 하는 그가 안타까웠네 술집 창밖으로 새벽이 어떻게 오고 숙취의 아침은 어떻게 열리는지 알 리가 없을 그가 밉게 느껴졌지 그러나 솔직히 말해 나는 그의 삶을 존중했다네 우리의 길은 그렇게 조금씩 나누어졌고 그러다 서로 소식이 끊겼지 그사이 한 삼십 년의 세월이 흘러긴 것 같네 어느 날 우리는 동창회에서 만났지 그는 여전히 그때처럼 반듯하고 단단했어 이제 아버지를 대신하기보다는 아버지가 되어 있었지 우리는 모처럼 마음 놓고 한잔하면서 회포를 풀었다네 옛이야기도 하면서 그러다 모두 술이 거나하게 돌자 노래방으로 우르르 몰려갔지 누군지 모르지만 부기의 노래를 불렀네 항구의 일번지 부기우기 일번지 그때 갑자기 누가 먼저랄 것도

없이 모두 유쾌하게 우하하 하고 웃었지 부기도 웃고 있
었네 그 자리에는 떠나지 못한 자들뿐이었지 나도 그랬
고 내가 그들과 다른 게 있었다면 그중 유일하게 아버지
가 못 되었다는 것이었네 나를 제외하고 다들 애국자들
이었어

그들의 체위

도로 중앙에서 작은 개 두 마리가 뒤로 붙어 있다.
서로 엉덩이를 맞대고 떨어질 줄 몰랐다.
아니 엉덩이가 붙어 아예 떨어지지 않았다.
그들도 그런 결과에 당황해하는 눈치다.
나는 이 좆만 한 새끼들이 아침부터, 하고 속으로 욕
하며
멀찍이 돌아갔다.
우인(友人) 몇이 지켜보며 축하해주고 있다.
도로 중앙은 한동안 축하를 받는 그들과
그들을 축하하는 또 다른 그들로 붐빈다.
사람들은 먼눈을 하며 피해가면서도
그들의 체위에 힐끗힐끗 눈길을 보낸다.
그때 그 판에 뛰어들어 돌을 던지며
그들을 떼어놓겠다고 심술을 부리는 것은
등굣길의 초등학교 아이들이다.

목도리

준혁의 생일날 세경은 심부름으로 준혁의 삼촌 지훈이 근무하는 병원에 갔다가 우연히 자신에 대한 지훈의 감정을 확인한다; 남몰래 지훈에 대한 사랑을 키워오던 세경은 자신에 대한 지훈의 감정을 확인하고 슬퍼한다; 그 때문에 지훈이 선물로 사준 목도리를 잃어버린다; 뒤늦게 목도리를 잃어버린 것을 알고 울면서 찾아 헤맨다; 그러다 병원 복도에서 지훈을 만난다; 지훈은 세경에게 왜 우느냐고 묻는다; 세경은 목도리를 잃어버려 운다며 잘 간수하지 못해 미안하다고 말한다; 자신에 대한 세경의 감정을 모르는, 다른 여자를 사귀고 있는 지훈은 자기에게 미안해할 일이 아니라고 말하며 돌아서 가버린다; 준혁은 자신의 생일 선물로 영화 구경을 같이 가기로 약속한 세경이 시간이 지나도 나타나지 않고 전화도 받지 않자 세경을 찾아 나선다; 준혁은 세경과 지훈이 병원 복도에서 이야기하고 있는 것을 먼발치에서 바라보면서 세경이 지훈을 사랑한다는 것을 확신한다(세경이 지훈에게 그렇듯 준혁은 남몰래 세경에게 사랑의 감정을 키워왔다); 세경이 직접 짜 선물한 목도리를 하고 세경을 만나러 나온 준혁은 지훈을 향한 세경의 사랑을 안타까워한다; 세경은 목도리를 찾지 못하고 준혁과 함께 집으로 돌아온다; 둘은 도중에 한 악기점을 지나간다; 세경이 악기점 안으로 들어간다; 악기점 안으로 들어간 세경이 악기점 주인과 이야기한다; 준혁에게 들어오라고 손짓한다; 악기점 안으로 들어온 준혁에게 세경은 생일 선물로 이것밖에 줄 게 없다며 피아노를 연주해준다; 그러면서 자기 때문에 영화를 못 보게 되어 미안하다고 말한다; 준혁은 괜찮다고 말한다; 피아노 곡이 이어진다; 세경의 얼굴이 클로즈업된다; 준혁의 마음을 모르는 세경이 준혁을 보며 웃는다; 웃는 세경의 두 눈에서는 눈물이 흘러내린다; 준혁의 눈에도 어느새 눈물이 맺힌다; 악기점 쇼케이스 밖으로 어제 내린 눈이 드문드문 보인다.

모과

아내 친구 부부를 집으로 초대하여 처음으로 식사를
같이 한 날입니다.
반주를 곁들인 식사를 마치고 헤어질 때
현관문을 나서던 적당히 취기가 오른 아내 친구의 남
편이
현관 신발장 위 목기(木器)에 담아둔 모과 중에서
두 개를 양손에 집어 들면서
호기롭게 자기들이 가져가겠다고 선언했습니다.
그러고는 연신 모과를 코에 갖다 대고 킁킁거리며 탐
향(探香)했습니다.
올해는 모과가 풍년이 들어 얼마든지 나누어주는 거야
아깝지 않습니다만
풍년이 아니어도 모과 정도야 처음 만났다 해도 집어
갈 수 있습니다만
아내 친구 남편이 일부러 그중 덜 익은 걸 고른 걸까요
눈치를 보아 하니 집어 든다고 든 모과가
아직 향기가 시원치 않은 것 같아 오히려 미안했습니다.
그런데, 집 밖으로 배웅을 나가는데

자동차 시동을 막 건 아내 친구 부부가
차창을 내리고 밖으로 얼굴을 내밀면서
차 안이 모과 향으로 가득하다며 환하게 웃는 게 아니
겠습니까
모과가 비로소 발향(發香)한 것입니다.
나는 그들이 떠난 쪽을 물끄러미 바라보고 서서
처음 만난 아내의 친구 부부와 우리 부부가 나눌 수 있
는 향기는
모과 향과 같지 않을까 생각했습니다:
만만히 코를 갖다 대고 탐(貪)하면 쉽게 허락하지 않
다가
슬쩍 밀쳐놓는 순간 어느새 다가오는 모과 향이 허락
하는 공간,
그 공간을 사이에 두고 우리는 서로의 향기를 처음으
로 나누었던 것이겠지요.

소나무9길

내가 소나무9길로 들어섰을 때
약 이백 미터인 길 전체 구간 중간쯤의
전봇대 위 전선에 앉아 있던 까치가
아스팔트 위로 내려앉고 있었다.
까치는 목표로 한 지점에 바로 내려앉지 않고
조금 떨어진 곳에 앉았다가
목표 지점으로 총총 다가갔다.

내가 소나무9길에 들어서서
길 전체 구간의 사분의 일쯤 왔을 때
길옆에 주차한 자동차 밑에 있던 고양이가
목표 지점에 막 다다른 까치를 향해 몸을 날렸다.
놀란 까치는 공중을 한번 가볍게 날아올라
목표 지점에서 좀 떨어진 곳에 다시 앉았다.
그 순간 소나무9길 반대쪽 입구로 막 들어서던
자동차가 속도를 높이며 달려왔다.
자동차 소리에 놀란 고양이는
길옆에 주차한 자동차 밑으로 급히 피신했다.

까치도 몇 번 발돋움을 한 뒤
전봇대 위로 다시 날아가 올라앉았다.

내가 길 중간쯤에 왔을 때 소나무9길은
공중으로 부양했던 먼지가 땅으로 내려앉으면서
잠시 평화를 맞이하고 있었다.
그러나 까치가 목표로 했던 지점 위를 지나간 자동차는
내가 지나온 소나무9길 입구로
붉은 핏자국을 길게 끌고 갔다.

20100204

물 좀 그냥 흘려버리지 마 여기까지 흘러들어왔다 손
길 한번 받지 못하면 너무 불쌍하지 않니 벌써 산에 갔다
왔어요 고양이 할머니가 며칠째 안 보여 하루도 안 빠졌
는데 날씨가 추워선가 앓아누우신 건 아니겠지 간밤에
꿈을 꾸었어요 어머니와 함께 목욕을 하고 있었어요 그
래 좋은 꿈인 게 분명해 이제 씻은 듯이 낫겠네 오다 봤
는데 학교 기숙사 연못에 오리 새끼를 열일곱 마리나 풀
어놓았더라 그중 몇 놈은 살아남을 거라는 계산이겠지
엊그제 새 단장을 마치고 다섯 마리를 풀어놓았다 하룻
밤 새 다 잃었잖아 삵이 밤에 내려와 덮쳤을 거야 오리
새끼들은 수면이 얼어붙어 도망가기가 쉽지 않았을 거
고 발자국이 있었어 고양이 발자국처럼 생겼는데 고양
이 발자국보다 컸어 열일곱 마리가 다 살아남으면 좋겠
지만 그러면 먹이가 부족할 텐데 변은 봤니 나는 산에 올
라갈 때 뒤가 좀 찜찜했는데 내려오다 옷에 쌀 뻔했잖아
사격장 화장실에서 간신히 해결했네 겨울산은 다 좋은
데 뒤가 급할 때 숲으로 들어가 해결할 수가 없어 불편해
우리 어제 뭘 먹었지 개가 또 길 한가운데 똥을 싸놓았어

흰 진돗개를 풀어놓고 다니는 그 아저씨일 거야 신고할 수도 없고 나는 차가 지나가면 그래서 호흡을 멈추잖아 다 입으로 들어간다고 생각하니까 가수 이남이가 폐암으로 죽었대 아 미안 이 이야기는 안 하려고 했는데 깜빡했어 알고 있어요 그랬어 감기가 그만한 것 같은데 내일부터 올라가기 전까지라도 조금씩 움직여 운동을 해야지 알았어요 낼모레 구정인데 병원에서 지내게 생겼네 조금만 더 힘내자 입춘이니 이제 날씨가 좀 풀리겠지 올해는 유난히 추워 주말부터 풀린댔어요 그래도 나는 추운 겨울이 좋다 서울에서 병실 창밖으로 눈 구경 질리도록 했다던데 이제 그렇게 많이 내리지는 않겠지 여기도 좀 와주지 아직 변호사집 매화가 나오지 않고 있어 용지호수 애기동백은 벌써 피었다 지던데 병 나으면 내년에 눈 보러 삿포로에라도 같이 가요 그전에 제주도에 가는 게 어때 세상에서 가장 아름다운 자전거를 타고 우선 제주도를 한 바퀴 도는 거야 봄바다도 실컷 보고

첫 시집

술을 내준 뒤
레드폭스 여주인은 내 첫 시집 『흑백다방』에 나오는 시
「수습」을 읽다
하홍— 하며 콧소리가 섞인 웃음을 흘렸다.
그 웃음소리는 그가 시집을 펼친 뒤 곧바로 터트린 소
린데
자기도 모르게 오줌을 지린다는 요실금을 생각나게 해서
나에게는 참 순수하고 즐겁게 들렸다.
그가 평소에 시를 읽지 않을 것이라고 생각하고 있었기
때문에
나는 속으로 성공이다, 하고 쾌재를 불렀다.

한 시인은 내 첫 시집을 읽고
방금 국수를 삶아 찬물에 헹구어 대바구니에 건져놓은
것 같다고 했다.
내가 워낙 국수를 좋아하기도 하지만
언젠가 티브이를 보면서 사람들이 담백한 맛을 가장 좋
아한다는 결론을 내리고

담백한 음식처럼 사람들에게 부담을 주지 않는 시를
쓰고 싶다는 마음을 담아
조그만 액자에 '담백하게' 라고 써서 걸어두었는데
그 시인이 그 말을 대신해줘서 고마웠다.

또 한 시인은 내 첫 시집 표지의 색을 이야기하면서
왜 선홍색으로 했는지 알겠다고 했다.
나는 그것까지는 생각하지 못했기 때문에
그 발뜻이 무엇인지 바로 헤아리지 못했지만
첫사랑과 헤어진 뒤 한참 동안 나도 모르게
'처음' 을 앞세운 문장이나 '첫' 이란 접두어가 붙은 단
어를 자주 썼고
그 뒤 그것을 후회한 기억이 떠올랐다.
그래서 선홍색 표지를 쓴 걸 후회할까 하다가
누가 내 시가 야한 듯하면서도 아니라고 한 말을 기억
하고
그게 이유가 되는지 따져보지도 않고
그럴 필요가 없다고 생각하고 그 생각을 꾸겨 넣었다.

도라지꽃

도라지꽃은 정오각형으로 꽃몽우리가 부풀어 올라
별 모양으로 꽃잎이 터진다는 사실을
어릴 때 아직 터지지 않은 꽃몽우리를 터뜨리고 놀면
서도 몰랐다.

별은 어두워야 나타나듯이
도라지꽃은 장마가 시작되어야 피었다.

노는 땅을 그냥 놀리기 아깝다며 동네 주민 몇이
드문드문 텃밭을 일군 공원조성 예정부지,
장마가 오기 전에 공사를 서두르던 포클레인 기사는
장마가 시작되자 포클레인을 놓아두고 자취를 감추
었다.

포클레인이 나아가다 멈춰 선 앞쪽으로 길게 별밭이
펼쳐져 있다.
포클레인 버킷 같은 북두칠성이 밤하늘 은하수의 한
뗏장을 떠다

지상으로 옮겨놓은 것 같은 도라지 꽃밭,

빗방울이 정오각형의 꽃몽우리를 툭툭 건드리자
빗속에서 불꽃놀이처럼 별들이 펑펑 터지고 있다.

장미의 손길

술집에서 집으로 돌아오는 길 위에 공중화장실은 없다.

맥주를 마신 날은 준비를 단단히 하고 귀갓길에 나서도

중간에 길 위에서 '실례'를 하는 날이 있다.

따라서 내 단골 술집과 내 집 사이 집들의 담장 안 또

는 담장 위에 핀 꽃들은

내 '물건'을 기억할 것이다.

나는 꽃들의 꽃잎 속에 내 물건의 역사가 잘 기록되어

있으리라 믿는다.

매화가, 동백이, 목련이, 개나리가, 모란이, 장미가, 능

소화가

내 물건의 퇴화와 그것이 쏟아내는 폭포수의 쇠락을

목도하면서

피고 지고 다시 피었다.

그 꽃들 중에 유독 내 물건에 관심을 보인 꽃은 장미

였다:

한번은 봉고차 뒤에서 급히 볼일을 보고 바지춤을 올

리는데

누가 내 손을 덥석 잡는 게 아닌가!

장미가 가시투성이 팔을 한껏 담장 아래로 뻗어

내 물건을 움켜쥐려고 하고 있었다.

지금 생각하면 그때 장미는

내 물건에 무슨 흑심이 있어서 그랬던 것은 아니었다.

그날 내가 유독 비틀거리고 오줌 줄기가 힘이 없었을

것이다.

그게 그는 안타까웠던 게다.

그때 나는 한참 동안 장미의 손길을 가만히 놓아두었다.

오리

나는 오리다 한 대학 기숙사 앞 호수에 살고 있다 이
겨울은 유난히 춥다 나는 혼자다 동료들이 있었지만 모
두 이 겨울을 넘기지 못하고 죽었다 지난 늦가을부터 대
학 측은 호수를 대대적으로 보수하기 시작했고 그 과정
에 호수 물을 모두 빼버렸다 당시 나를 제외하고 셋이 더
있었는데 셋 다 물 빠진 호수를 배회하다 사라졌다 어느
날 아침 일어나보니 사라졌던 한 동료는 피를 흘리며 처
참하게 죽어 호수 바닥에 나뒹굴고 있었다 다른 두 동료
와 마찬가지로 삵의 공격에 쫓기다 죽었을 것이다 보수
공사가 끝나고 겨울비가 몇 차례 내려 호수에 물은 다시
찼지만 나는 여전히 혼자다 호수에 물이 차자 주남저수
지로 날아가던 오리들이 잠시 내려와 앉았지만 내가 미
처 다가가기도 전에 떠났다 호수에는 아직 물이끼조차
없으니 먹을 만한 게 뭐가 있겠는가 나는 그들처럼 떠나
지 못한다 날개가 있지만 날고 싶어도 날지 못한다 지옥
의 한철을 보내고 나는 이제 그 끝 무렵에 와 있다 그런
데 매일 나를 찾는 사람이 있다 그는 아침 일찍 호수를
몇 바퀴 돌다 갔다 그는 올 때마다 뭘 그렇게 찾는지 여

기저기를 두리번거렸다 처음엔 몰랐는데 그가 찾는 것
이 나라는 것을 최근에야 알았다 그래서 나는 그에게 내
곁을 조금 내어주었다 그가 나를 발견하고 저쪽에서 다
가오면 나도 슬쩍 다가가준다 아직 인간을 완전히 믿을
수는 없지만 그에게만은 그러고 싶지 않다 왠지 그래야
만 할 것 같다 내가 다가가면 그는 자신에게 말하듯 내게
말을 건다 어느 날부턴가 그가 똑같은 말을 중얼거린다
는 사실을 깨달았다 이제 그의 말을 완전히 외우고 있을
정도다 그가 말했다: 외롭지 않니 외로움이 뭔지 알기는
아니 그 말이 무슨 뜻인지는 모르지만 그 남자와 닮아 있
다는 것은 알겠다 중년의 나이에 뚱뚱하고 머리까지 희
끗희끗 세어 있고 거기다 대머리지만 그도 나처럼 혹독
한 겨울을 나고 있는 것이 분명하다 봄이 멀지 않았다 나
는 직감으로 안다 호수를 찾아오는 사람도 부쩍 늘었다
대학 측은 예전에도 그랬듯이 이때쯤 찾아오는 사람들
을 위해 오리를 더 풀어놓을 것이다 그날이 기다려진다
그 남자가 나를 향해 중얼거린 말의 의미도 그와 비슷한
게 아닐까

사각지대

그의 여덟시 방향은 간혹 비어 있다 사각지대다 그래서 그는 항상 긴장하고 있다 앞을 주시하고 걷지만 뒤에서 그를 보고 있는 사람까지 염두에 두고 걷는다 그런데 그의 뒤보다 그의 여덟시 방향에서 그의 사각지대가 발견된다 그도 그 사실을 잘 아는 듯 걷다가 잠시 멈칫한다 그때가 그가 자신의 사각지대에 특별히 집중하는 때다 그때는 이미 내가 그에게서 시선을 거두고 난 뒤다 그가 자신의 사각지대를 방치하고 있을 때 그는 세상에서 가장 외로운 사람이다 그는 세상에서 가장 완벽한 사람이지만 그때는 홈리스와 다를 게 없다

그가 자신의 사각지대를 방치하는 때가 있다

지나가는 여자를 볼 때 그의 여덟시 방향은 어쩔 수 없이 비어 있다

덤불 뒤에서 물소의 일거수일투족을 주시하고 있던 표범처럼

그때를 놓치지 않고 그의 여덟시 방향에 비수를 꽂는 시선이 있다

늙은 여가수

저 늙은 여가수는 어쩌자고 돌아와서 목쉰 노래를 부
르는가

사랑하노라 노래하는 늙은 여가수 그때는 사랑을 몰랐
노라
눈가에 눈물 고인다

저 늙은 여가수는 끝내 돌아오지 않았어야 했다.

사랑 따라 떠났다
사랑이 떠났어도
늙은 여가수 말매미 목청껏 울어대는 이 여름날에는
돌아오지
말았어야 했다.
매미 허물처럼 노래는 남겨두고
떠나서는 다시는 돌아오지 말았어야 했다.

떠나가서 별이 되었어야 했다.

어쩌자고 간신히 잊힌 사랑 노래가 이제 와서 다 늦은
이 저녁을 붉게 물들이는가

코끼리처럼 묵묵한,
배후(背後)의 슬픔

김문주 · 문학평론가

I

1980년대 초에 방영된바 있는 〈은하철도 999〉는 영원한 생명을 찾아 우주를 떠도는 소년 철이의 여행담을 그린 애니메이션이었지만 자본주의의 현실과 인간의 욕망, 궁극적으로는 죽지 않는 인간이란 무엇인가를 물은 철학적인 영화이기도 했다. 길게 꼬리를 물고 우주를 향해 떠나는 기차의 뒷모습은 장도(長途)를 앞에 둔 인생의 막막함을 연상시켰으며, 기차 여행의 동반자이자 안내자인 메텔은 브라운관 앞에 앉은 수많은 철이들을 모성적 여성성의 묘한 환상 속으로 인도하기도 하였다. 장구한 여행의 종착지인 안드로메다에서 결국 기계에 의지하여 구가되는 영원한 삶, 영생을 거부하는 이 영화의 종

말에서 우리는 유한성이야말로 인간 정체성의 핵심이라는 오래된 진실을 감동적으로 배웠던 것 같다.

김승강의 두 번째 시집을 말하는 자리에서 느닷없이 만화영화에 관해 이야기하는 것은 『기타 치는 노인처럼』이 묘한 방식으로 〈은하철도 999〉와 포개진다는 생각이 들기 때문이다. 아니, 그것은 느낌에 가깝다고 말하는 것이 적절할 듯한데, 김승강의 시편들은 적어도 내게는 지구라는 행성의 삶을 하나의 경유지처럼 상상하려는 (무)의식의 산물처럼 보인다. 물론 이는 시집의 서사를 떠받치고 있는 시인의 삶에서 연유한 것이면서, 동시에 삶에 대한 시인의 태도와 그 태도가 구가하는 미학적 응전에서 비롯된 것일 터이다. 어쨌든 그의 시학은 삶의 현실이나 일상을 향해 진입하는 방식이 아니라 주유(周遊)하는 방식으로 생명과 시간에 관한 물음을 〈은하철도 999〉처럼 유예한다. 영생을 찾아 막막한 우주 공간으로 사라지는 저 은하철도의 외로운 항해처럼 김승강은 육체를 가진 인간 존재의 숙명을 특유의 적막한 언어로써 형상화한다.

나는 이 여인숙에 백 년 전에 투숙한 적이 있다. 이 역에 내린 이유와 이 여인숙에 투숙하게 된 이유는 순전히 그것 때문이었다. 백 년의 시간이 지났지만 이 여인숙은 백 년 전 그대로다. 주인 여자도 늙지 않고 그대로다. 주인 여자는 나를 알아보지 못했다. 나는 조금 섭섭했지만 곧 이해했다; 그 때문에 주인 여자는 늙지 않았을 것이다. 여인숙 마당 백일홍도 백 년 전 그 여름날처럼 붉다. 나는 어젯밤을 함께 지낸 내 옆의 여자에 대해 생각한다. 그가 처음으로 낯설다. 그는 왜 이 역에 내렸고 나를 따라 이 여인숙에 함께 투숙했을까. 지금 생각해보니 우리는 어젯밤 함께 울었던 것 같다. 그 이유는 생각나지 않는다. (기차가 온다.) 그는 아직 잠들어 있다. 기찻길 옆 오두막집 딸처럼 잘도 잔다. 나는 그를 두고 혼자 떠날 수 있을까 생각해본다. (기차가 지나갔다.) 누가 화장실에 갔다 오는지 화장실 냄새가 내 방까지 밀려온다. 나는 잠든 그를 기다리기로 하고 벽의 낙서를 읽는다. 백 년 전에 쓴 낙서들이다: 동림 사랑해 영원히 1986/12/23; 승강과 미경 여기서 하룻밤을 묵다 1993/6/19. (그러나 나는 이번에는 아무 기록도 남길 수 없다.) 나는 속옷 차림으로 쪽마루에 나와 앉았다. 문득 기차 시간이 궁금하다. 나는 습관적으로 왼쪽 가슴 쪽으로 손을 가져갔다. 비켓을 끊어두었던가, 하고 생각한다.

나는 지금 기차를 기다리고 있다. 나는 아직 떠나지 못하고 있다. 백 년 전에도 그랬던 것으로 기억한다.

—「백년여인숙」 부분

은하 철도에는 꽤 많은 차량이 달려 있지만 탑승객은 특별한 경우를 제외하고 거의 철이와 메텔 둘뿐이다. 메텔이 철이의 자기-반영적 이미지에 가깝다는 점에서 〈은하철도 999〉는 자기정체성을 향한 고독한 여정인 셈인데, 성장 서사의 성격을 띠고 있지는 않지만 김승강의 시 역시 현실세계로부터 유리된 정서적 유폐의식이 자리 잡고 있고, 현실의 삶을 현세적인 것으로 감수하지 않으려는 심리적 저항선이 내재되어 있는 듯하다. 철이에게 메텔이 있다면, 승강에게는 "내 옆의 여자" '미경'이 있다. 안내자의 역할을 하는 메텔과 달리 미경은 유폐의 기지로서의 열차 같은 존재라고 할 수 있는데, 김승강의 시적 주체는 이 동행자의 숙명을 자신의 것으로 온전히 감수하는, 삶에 부과된 하중(荷重)을 감당하는 방법으로써 현실의 궤도 바깥을 돈다. 『기타 치는 노인처럼』의 두드러진 특징이라고 할 수 있는 감각의 원환성(혹은 반직선적 시간 의식)은 삶에 부려진 고통을 유예하고 해소하는 방법으로써의 감각이라고 할 수 있으며, 이는 역설적으로 시적 주체의 고통의 부하량을 암시하는 감각이기도 하다. 김승강의 시적 주체는 견인의 현실에 대한 척력(斥力)으로써 현실의 시간 바깥을 산다. 그에게 현실은 "백년 전에 투숙한 적이 있"는 '여인숙' 처럼 흘러가지 않고 생생하게 자리를 지키고 있는 성채 같은 것이며, 그가 탄 기차는 여인숙으로 귀환하는 궤도 위에 놓여 있어서 '백년여인숙' 의 "주인 여자" 처럼 늙지 않는 고통을 환기시

켜준다. 그 고통은 "어젯밤을 함께 지낸 내 옆의 여자"와 함께한 울음 속에 흔적처럼 유전되는, 매우 유서 깊은 것이다. 좀더 정확하게 말하자면 그러한 정서적 내력은 고통을 자신의 것으로 받아들인 자의 내면으로부터 와서 오랜 생을 사는 것이다. 김승강의 시적 주체는 통증을 긴 시간 속으로 소환함으로써 고통에 깃든다. 고통을 유서 깊은 것으로 만드는 이러한 김승강 시학의 심리적 자질은 본질적으로 윤리적인 것이지만, 이러한 내면이 윤리적으로 느껴지지 않는 이유는 갈등의 국면이 짧고 건조하게 처리되어 있기 때문이다. "나는 그를 두고 혼자 떠날 수 있을까", 이 물음은 「백년여인숙」, 나아가 『기타 치는 노인처럼』의 심층에 자리 잡은 시간의 더께와 깊이 관련되지만 무거운 갈등으로 빌진히지 않는다. 시인은 그 자리에 "기찻길 옆 오두막집 딸"의 서사를 입양한다 (이 부분과 관련된 내용은 다음 장에서 좀더 부연하겠다). 그러한 점에서 김승강은 고통의 자리를 깊게 들여다보는 자가 아니라 고통을 영원한 시간성으로 이월하는 자이다. 『기타 치는 노인처럼』의 전반에 깔려 있는 오래된 시간의 이미지는 시적 주체의 삶에 대한 심리적 반영이자 고통의 현세적 형상이다. "기차를 기다리고 있"으면서도 "아직 떠나지 못하고 있"는 '여인숙', 그곳은 "백 년 전에도 그랬던 것으로 기억"되는, 매우 오래된 현실세계이

다. 고통이 깊어질수록 공간은 축소되고 시간은 평면화
되는 법이다. 영원한 시간의 이미지 "백 년"을 사는 이
시의 화자에게서 우리는 이미 노경을 살고 있는 중년의
남성을 보게 된다.

2

　『기타 치는 노인처럼』의 배후를 이루는 웅숭깊은 시
간 감각은 이 시집에 환상적 성격을 부여하는 핵심 요인
으로써 이와 같은 감각은 고통의 방법적 이월이며, 한편
으로는 시인의 내적 기질과 연관된 생에 대한 결여 의식
의 한 표현이기도 하다. 그의 첫 시집『흑백다방』의 여러
시편에서 반복적으로 출현한 적이 있는 이미지 속에서
우리는 이러한 감각과 의식의 뿌리를 발견할 수 있다.

　지렁이가 기어가고 있다.

　아직 태어나지 않은 자가 길을 가고 있다.
　아직 태어나지 않은 자가 가는 길을
　태어난 내가 가고 있다.
　태어난 내가 무덤으로 가는 길을
　태어나지 않은 자가 자궁으로 가고 있다.

태어나지 않은 자의 자궁으로 가는 길과

태어난 내가 무덤으로 가는 길이 중복된다.

길은 진창길이다.

나는 자궁으로 가는 아직 태어나지 않은 자를

밟지 않으려고 조심하면서

무덤으로 천천히 발을 옮겨놓는다.

비가 내린다.

그리운 묘혈이여

태어날 나의 자식을 데리고

진흙탕 속으로 죽을 내가 네게로 간다.

—「지렁이의 길」 전문, 『흑백다방』

이를테면 위의 시에서 지렁이는 서로 다른 시간의 존재가 한 몸을 이룬 형상이다. 지렁이는 분명한 현-존재이면서 미래의 존재를 예고하는 시간의 형상이다. 그것은 "태어나지 않은 자"의 자궁이면서 "태어난 내"가 찾아가는 무덤이고, 생성되는 길이면서 동시에 지워지는 흔적이다. 입구이면서 출구이고 소멸하는 현재이면서 생성되는 미래인 지렁이의 모습은 원환적 시간성의 공간적 이미지라고 할 수 있다. 지렁이에서 우리는 응축된 시간의 형상을 보게 된다. 물론 이를 생명의 보편적 존재

양상이라고 해석할 수도 있지만, 김승강의 시에 "태어나지 않은 자"의 현재적 모습을 형상화하는 사례가 거의 없다는 점에서 지렁이 속에 함축된 미래는 현-존재의 (무)의식의 구체를 보여주는 이미지라고 할 수 있다. 그의 시에서 미래의 시간은 새로운 존재에 대한 호명의 욕망을 드러내는 요소이지 존재의 연속적 계기나 시간의 보편적 형상을 그려내는 요소로써 동원된다고 보기는 어렵다. 김승강의 시에서 미래는 가능태가 아닌 현재 속에 기숙하고 있는 내부로서 존재하며, 그러한 점에서 "태어나지 않은 자가 자궁으로 가는 길과" "태어난 내가 무덤으로 가는 길이 중복된" "진창길"의 이미지는 현실적 출구를 찾지 못한 혼종의 시간과 내면 형상을 보여주는 것이다. 흐르지 못한 채 두 시간을 한 몸에서 사는 이러한 지렁이의 모습은 이번 시집에서도 다양한 양상으로 변주되어 출현한다.

저수지 너머로 해 지는 광경이 눈에 들어왔다.
막 지는 해가 저수지의 수면을 밟고 와 무덤에 닿고 있었다.
(아 그래서 그가 여기 누웠구나!)
저수지를 내려다보려고 거길 골랐을까.
해 지는 광경을 보려고 거길 골랐을까.
주위로 물푸레나무가 빙 둘러서서

하늘을 다 가리고도 남았는데

유독 서쪽만은 환하게 트여 있었다.

저수지를 내려다보면서 지는 해를 바라볼 수 있다는 것은

분명 행운이다.

— 「저수지가 내려다보이는 곳」 부분

이 시는 저수지가 내려다보이는 곳에 자리 잡은 무덤을 그린 작품이다. 이곳은 "물푸레나무가 빙 둘러서서 하늘을 다 가린" 갇힌 세계로써 이와 같은 공간의 유폐성은 김승강 시의 중요한 특징 중의 하나이다. 무덤을 둘러싸고 있는 공간에서 유일하게 트인 곳은 서쪽이다. 이 서쪽 방향으로 "저수지가 내려다보"이고 해가 진다. "저수지를 내려다보면서 지는 해를 바라볼 수 있는" 묘역은 독립성이 보존된 아늑한 세계이다. 고요하게 세계를 비추는 갇혀 있는 물의 형상 속에서 일몰은 소멸과 관조의 이미지를 구성한다. 외부로부터 거리를 둔 채 고요와 반영, 관조와 소멸에 침윤되어 있는 공간은 김승강 시의식의 주요 자질을 보여준다. 그의 시는 대상을 향해 열려 있는 확산적인 세계라기보다 자기-의식을 정관하는 세계에 가깝다. 이 시의 지리적 형상이 시사하는바 김승강 시의 정관의 풍경은 자연스럽게 현재 너머의 시간을 내장하고 있다. 다음 시는 이러한 그의 시의 정서적 자질을

잘 보여준다.

너는 방파제 끝에 서서 수평선을 바라보고 있다.
해풍은 네 귀밑머리를 들추고 귀엣말로 뭐라뭐라 소곤거리
고 있다.
나는 아직 한 번도 그렇게 해보지 못했다.
그사이, 그러니까
내가 네게서 돌아서서, 어떤 횟집 앞에 있는 자판기로 가서,
동전을 집어넣고 두 잔의 커피를 빼올 동안
너는 나를 까마득히 잊고 있었다.
나는 내 뒤에서 비로소 그 사실을 깨닫는다.
나는 네게 줄 커피와 내가 마실 커피를 양손에 하나씩 들고
네 뒤에서 머뭇거리며 서 있다.
네가 내게로 돌아설 때까지.

—「자판기 커피는 내가 빼올게」 전문

이 시는 일상의 사소한 경험을 그린 소품에 가까운 작
품이지만, 『기타 치는 노인처럼』의 배후에 드리워진 정
서적 자질을 잘 드러내준다. 이 점은 앞에서 살펴보았던
김승강 시의 시공간적 성격과 같은 선상에서 생각할 수
있는 대목으로써, 위의 시에서 '나'는 "방파제 끝에 서서
수평선을 바라보고 있는" '너'에게서 물러나 자판기 커

피를 뽑은 채 '너'가 돌아서기를 기다리고 있다. "네게 줄 커피와 내가 마실 커피를 양손에 하나씩 들고" 있으면서도 화자는 "네 뒤에서 머뭇거리며 서 있다". 이 시에 형상화된 화자는 '너'와의 관계를 기대하면서도 불구하고 '너'의 배후로 물러나 있다. 시의 문맥에서 보면 너에 대한 배려와 존중의 마음으로 "네가 내게로 돌아설 때까지" "네 뒤에서" 기다리고 있지만, 시세계 전체의 관점에서 보면 이른바 이러한 '배후의 시학'은 김승강 시의 현실 응전의 방식이라고 할 수 있다. 그의 시에는 이러한 고즈넉함이 넓고 깊게 자리한다. 대상을 향해 진입하지 않은 채 우두커니 멈춰 서 있는 머뭇거림과 스산함, 그리고 자기 내면의 처연(凄然)에 묵묵히 깃들어 있는 시선 같은 것들이 그의 시에는 내재되어 있다. 이러한 징시들이 김승강의 시에서 느껴지는 시공간적 유폐감과 깊이 접속되어 있는 듯하다. 그의 시는 한 걸음 물러나 있다. 그리고 그 자리에서 세계를 관조한다. 김승강 시의 환상성과 비현실적 국면은 여기에서 비롯된다.

한편 『기타 치는 노인처럼』의 심층을 이루는 이러한 정서적 특징은 그의 여러 시편에 나타나는 생의 체험과도 긴밀하게 관련되어 있어 보인다. 앞에서 살펴보았던 「저수지가 내려다보이는 곳」과 유사한 공간을 형상화하고 있는 「목련과 돼지」와 「달을 힐끗,」은 김승강 시의

정서적 자질이나 시공간적 이미지의 특징을 해명하는
어떤 단서를 제공해준다.

　　목련은 무덤을 안내하는 게 아니라

　　무덤으로 가는 길을 안내했다; 길은 무덤을 안내했다.

　　그러나 무덤은 길 끝에 있는 게 아니라 길옆에 있었다.

　　돼지 농장에 다시 봄이 와 있었다.

　　목련은 벌써 발아래로 꽃잎을 떨어뜨리고 있었다.

　　미처 떨어뜨리지 못한 잎들은 시든 채 나뭇가지에 그대로
매달려 있었다.

　　떨어진 꽃잎이나 떨어지지 않은 꽃잎이나 모두 노랬다.

　　무덤 앞에서 두 번 절하고 종이컵에 술을 부어

　　무덤을 한 바퀴 돌며 뿌리고 돌아서는데

　　돼지 농장에서 올라온 냄새가 입속으로 들이닥쳤다.

　　냄새에는 종돈 수퇘지의 울음소리가 섞여 있었다.

　　나는 크게 한번 숨을 들이켜고 입속엣것을 뱉어냈다.

　　냄새와 함께 꽃잎이 따라 나왔다.

—「목련과 돼지」 부분

　　「목련과 돼지」의 공간에는 목련과 무덤이 있고, 상반
된 의미를 환기하는 두 대상은 길을 통해 서로 연결되어
있다. 목련이 길을 안내하고 길이 무덤을 안내하는 공간

132

에서 두 대상은 서로 엇걸쳐 있다. 「지렁이의 길」에서 길이 "태어나지 않은 자"의 '자궁'과 "이미 태어난 자"의 무덤의 공간으로써 그려졌다면, 이 시에서 '목련'은 '무덤'을 예고하는 길을 지시한다. 전자가 "이미 태어난 자"의 의식이나 현-존재에 내재된 새로운 존재에 대한 욕망으로써 미지의 존재를 드러내는 데 반해, 후자의 '목련'은 생명력의 가능성이 폐기된 대상으로 형상화되어 있다. "돼지 농장에 다시 봄이 와 있"는데도 불구하고 "목련은 벌써 발아래로 꽃잎을 떨어뜨리"거나 시든 꽃을 "나뭇가지에 그대로 매달"고 있다. 생명력의 계절에 맞이한 이러한 조락(凋落)의 상황은 김승강의 시에 산재한 원환의 이미지, 둘러싸이고 갇힌 공간 이미지의 현실적 기원을 상징한다. 그것은 무덤에서 제사를 지내는 화지의 "입속으로 들이닥친" "종돈 수퇘지의" '냄새'와 '울음소리'에 매우 강렬하게 형상화되어 있다. "종돈 수퇘지의 울음소리"에 담겨 있는 생명력에 대한 강한 열망이 유폐된 무덤의 공간을 휩싸고 있는 것이다. 다시 말해, 생명력의 현실적 출구가 봉쇄됨으로써 그의 시세계는 현실에서 물러나 내부 공간에 자리를 만든 것으로 보인다. 그러한 점에서 김승강 시의 공간적·정서적 고즈넉함 속에는 "종돈 수퇘지의 울음소리"에 내장된 생명에의 욕망과 폐기된 길에 대한 비극성이 매우 낮은 주파수로 울려나오는 셈이다. 「달, 딸, 무균실」은 보다 직접적으로 이러한 불모성의 구체에 관해서 그리고 있다.

한때 태어나지 않은 내 딸의 무덤이었던 달, 그때 이야기를 좀 해보자: 나는 딸을 갖고 싶었다 세상에 태어나서 딸의 재롱을 못 보고 죽을 수는 없었다 딸을 키우며 넓고 넓은 바닷가에 살고 싶었다 딸은 커서 아비 곁을 떠나겠지 딸이 떠나면 오막살이 바닷가에서 혼자 클레멘타인을 퉁기며 오지 않을 딸을 기다리고 싶었다 그러니까 태어나 아비와 헤어질 딸과 아비의 운명을 나는 좋아했다 그러나 내 딸은 태어나지 못했다 태어나기도 전에 제 어미의 몸에서 죽었다 나는 태어나지 못한 딸을 달에 묻었다 떠난 애인의 몸에 묻었다

이제 달은 무균실이다 아내는 달에 일 년을 가 있다 나는 기차를 타고 달에 올라가 비닐 막을 사이에 두고 아내와 손바닥을 맞댔다: 네 고통을 내가 어찌 알겠니 달은 임상실험실이다 우리는 임상실험에 참가하기로 결정했다 아내의 몸은 지금 실험 중이다 아내는 지금 부재중이다 아내는 딸뿐만 아니라 아들도 생산하지 못했다 이제 나는 꿈을 접어야겠다 태어나지 못한 자보다 태어난 자가 먼저 살아야 하지 않겠나

오늘밤 아내의 무릎 사이에서 달이 뜬다 아내가 그 달 속으로 순순히 들어가고 있다 나는 하염없이 달을 올려다보고 있다
—「달, 딸, 무균실」 전문

이 시는 딸에 관한 이야기이자 아내의 현실에 대한 이야기이다. 김승강의 시에서 딸은 "태어나지 않은 자"의 현생(現生)으로서 죄책감과 애틋함을 동반하는 존재이다. 죄책감은 꼭 "갖고 싶었던" 딸을 "내가 버렸"(「달을 힐끗」)다는 점에서 연유하고, 애틋함은 딸과의 숙명을 상실한 데서 비롯된다. 이 시에 서술된 클레멘타인의 서사는 노래 원곡의 배경과 무관하게 최초 사랑에 대한 근원적인 동경과 그것의 상실로 인한 슬픔을 담고 있다. 다시 말해 시의 전반부에 그려진 화자의 내면에는 여성성에 대한 최초의 정서를 신화화하려는 욕망, 혹은 현실성을 휘발시킴으로써 정서 속에 보존되고 결여로써 유예·지속되는 사랑의 감정에 대한 갈망이 잠복되어 있는 듯하다. 이러한 여성성이 『기타 치는 노인처럼』에 등장하는 달의 이미지에 투사되어 있다. 문제는 이 달이 현실의 아내로 이전되어 있다는 점이다. "임상실험실에 참가하"여 "실험 중"인 아내는 훼손된 여성성의 현실적 내용이자 불임(不姙)의 세계를 상징적으로 보여주는 처소이다. 김승강 시의 독특한 정서는 이 불임의 여성성을 자신의 정서로 감수한 데서 비롯된다. 그의 시는 부재하는 딸을 아픈 아내에 겹쳐놓음으로써 아내의 현실을 운명으로 받아들인다. 달은 신화화된 딸과 현실의 아내가 교호하는 지점이다. "클레멘타인을 퉁기며 오지 않을 딸을 기다리고 싶었던" '나'는 이제 무균실의 아내를 기다리며 달을 본다. 순수한 사랑의 존재인 딸이 그 존재의 가능성을 유산(流産)한 방식, 즉 무균실의 아내로 시적 주체 앞에 있는 것이다. 『기타 치는 노인처럼』은 이러한 현실적 상황에 대한 상실과 수용을 다양한 양상으로 그려낸다. 이를테면 신비로운 소녀의 이미지를 형상화한 「키나(Kina)」는 배후로 사라진 딸의 여성적 이미지를 환상 속에 소환하는 시인의 내면을 보여준다. 이는 상실의 현실을 해소하는 방식인 셈이다. 앞에서 살펴보았던 김승강 시세계의 공간적 이미지와 정서적 자질들은 이러한 현실과 무관하지 않다.

3

첫 시집 『흑백다방』은 김승강 시의 관조적 성격을 매우 선명하게 보여준바 있다. 시선은 그의 시적 특징을 해명하는 중요한 요소이다. 대상을 포착하고 이를 바라보는 시선에서 우리는 김승강 시의식의 구체를 확인하게 된다. 특기할 만한 것은 그의 시편에 TV 수상기를 소재로 한 작품(「강, 티브이 수상기」, 「티브이 수상기」, 「티브이 수상기와 고양이」), TV 수상기의 상상력이 빈번하게 출현한다는 사실이다. 이와 같은 점은 이번 시집에도 동일하게 나타난다.

　　길모퉁이를 막 들어서는데 누가 나를 주시하고 있는 느낌
이 드는 거야. 이십칠 인치쯤 되는 티브이 수상기였어. 그는
내가 길모퉁이를 돌아설 때부터 주시하고 있었던 거야. 속절
없이 비를 맞고 있었지. 그가 앉아 있는 위로 벚나무가 가지
를 드리우고 있었지. 벚꽃이 지고 있었어. 벚꽃이 질 때면 꼭
비가 오잖아. 꽃잎이 그 위로 떨어져 흘러내리고 있었지. 하
필 벚나무 아래 버려졌던 거야. 나는 이 광경을 어떻게 이해
해야 할지 몰라 잠시 그 앞에서 머뭇거렸지. 처연한 생각이
들더라. 그를 갖다 버린 사람은 분명 이곳을 골라 버렸을 거
야. 그는 마지막으로 앉은 자리로서는 좋은 자리에 앉은 셈이
었어. 내 시선을 잡은 것만으로도 성공했으니까. 그기 분명
뭔가를 말하려 하고 있다는 느낌을 받았어. 물론 그 말은 내
안에서 누가 그를 대신해 하고 있는 말이었지만 말이야. 그의
시선을 느낀 순간부터 내가 그 앞에 설 때까지 우리는 잠시도
서로에게서 시선을 거두지 않았지. 우리는 서로를 자신의 눈
속에 넣어두기라도 하려는 듯 그렇게 서로 뚫어지게 쳐다보
고 있었지.

―「봤어?」 부분

　　『기타 치는 노인처럼』에는 첫 시집 『흑백다방』보다

일상의 삶을 서사에 담아 묘사한 작품이 많지만, 김승강의 시에서 현실성은 강하게 느껴지지 않는다. 그의 시에서 일상의 서사는 사람살이나 그것에 대한 생각을 형상화하기보다 세계를 바라보는 이의 자의식과 시선을 드러내는 데 기여한다. 그러한 점에서 김승강의 시세계는 의식적이다. "길모퉁이를 돌아설 때" 골목에서 발견한 "이십칠 인치쯤 되는 티브이 수상기"를 소재로 한 시는 대상에 기울지 않고 대상에 관한 화자의 의식의 내용을 적고 있다. 화자에게 티브이 수상기는 버려진 것이 아니라 어떤 의도 속에 놓여 있는 대상으로 감수된다. 비가 내리는 봄날 꽃이 떨어지는 벚나무 아래 놓인 티브이 수상기, 이는 우연의 풍경이 아니라 어떤 뜻을 품은 의미의 세계이다. 여기에서 티브이 수상기는 보는 이로 하여금 어떤 욕망이나 환상을 불러일으키는 방법으로서의 대상, 즉 오브제(objet)인 것이다. "그가 분명 뭔가를 말하려 하고 있다는 느낌", 물론 시의 화자는 그 말이 자신의 내면의 소리임을 아는 자이다. 김승강의 시에서 느껴지는 환상성이나 초현실성은 그의 시적 대상이 오브제의 성격을 띠고 있기 때문이다. 그에게 현실세계는 그 자체로서 탐색되지 않고 시적 주체의 자의식과 욕망을 드러내는 대상으로써 형상화된다. "봄비가 오는데" "퀭한 눈을 하고 벚나무 아래서 비에 속절없이 젖고 있는" '티브이 '수상기'는 세계를 우수 속에 관조하는 화자의 내면의 외적 형상인 셈이다. 대상에 대해 "관심을 느낀 순간부터" "잠시도 서로에게서 시선을 거두지 않고" "뚫어지게 쳐다보고 있었"다는 화자의 진술은 김승강 시의 주체의 시선에 내재된 집요한 자의식을 생각하게 한다. 그의 시에서 대상을 향한 시선은 자신을 정관하고 있는 자의식의 반영인 셈이다. 이러한 의식은 자연스럽게 자신의 일상을 대상화하게 된다. 자신의 일상을 CCTV에 의해 관찰된 영상처럼 묘사하는 「자전거를 타고」의 화자는 시인의 내면과 시세계의 특징을 웅변적으로 보여준다. "세상은 거대한 자궁 / 우주에서 누가 세상 속을 들여다보고 있다. 작열하는 태양을 / 손전등처럼 들이대면서"(「지렁이」), 이와 같은 시적 언술들에서 우리는 집요한 자의식의 시선을 거듭 확인하게 된다.

『기타 치는 노인처럼』의 시편들에 편재한 시공간의 유폐감과 대상세계를 비롯하여 자신조차 하나의 오브제로써 정관하는 시의식은 삶에 대한 시인의 내면 현실을 잘 보여준다. 세속적 일상에 대한 노경의 감수성과 일상의 서사화는 출구 없는 삶의 현실에 대한 시인의 심리적 응전이라고 할 수 있다. 그것은 언술의 표면에서 고통의 정서를 휘발시키는 방법으로써의 언어와 결합하여 시세계를 건조한 공간으로 만들지만, 이는 역설적으로 김승

강 시에 잠복하고 있는 고통의 수위를 역설적으로 환기
시킨다. 그의 시에 등장하는 기차의 이미지는 광막한 생
의 현실을 유예하고자 하는 시인의 고독한 내면을 드러
낸다. 수난과 위기의 행성에서 탈출하여 막막한 우주를
향하는 〈은하철도 999〉처럼, 김승강의 기차 역시 모든
생의 현실을 통과하여 "환승역을 향해" "죽음을 향해 달
리고"(「다시 기차를 타고」) 싶은 것이다. 그의 시에 자주
등장하는 질주의 이미지는 고통의 현실을 관통하고자
하는 심리적 표상으로써 기차가 생의 현실을 반영하는
형상이라면, 자전거는 질주 자체에 몰입하는 감각적 형
상이라고 할 수 있다.

세상의 모든 자전거와 함께 평생을 같이하리 자전거 안장
을 보면 심장이 터지도록 페달을 밟고 달리고 싶었다 높다랗
게 솟은 안장 그래 말이 그랬지 말을 보았다 아파트 단지 입
구에 서 있던 말 엉덩이를 잔뜩 치켜들고 있던 말 네 엉덩이
가 그랬다 네 엉덩이를 타고 싶었다 너를 말처럼 타고 달리고
싶었다 갈기를 날리며 한 몸이 되어 달린 뒤 가쁜 숨을 내쉬
는 너를 가로수에 묶어두고 싶었다 누가 훔쳐가기 전까지 골
목에서 훔친 자전거 훔친 갈비 아니 훔친 자전거 세상에서 가
장 아름다운 자전거 누가 세상에서 가장 아름다운 자전거를
그냥 놔둘까 세상에는 자전거 도둑이 들끓지 도둑만이 가질

수 있는 세상에서 가장 아름다운 자전거

—「자전거 도둑」 부분

시집에는 자전거를 타고 이곳저곳을 누비는 시적 주체가 등장한다. 자전거는 어둡고 갇힌 내면의 현실을 세계로 개방하는 중요한 매개 역할을 하는데, 김승강 시의 주체들에게 이 자전거는 산을 오르고 출근을 하고 호수를 돌고 집으로 돌아오는 중요한 이동 수단이면서, 동시에 자신으로부터 벗어나 일상 세계를 만나고 바라볼 수 있는 통로이다. 「자전거 도둑」은 답답한 현실로부터 해방되기를 원하는 시적 화자의 마음을 그려낸다. "은륜의 자전거를 타고 세상의 모든 마을과 골목을 여행하"는 꿈은 질곡의 삶으로부터 탈주하고자 하는 욕망을 담고 있다. 엔진도 후진 기어도 없이 온전히 사람의 힘으로만 동력을 만들어내는 자전거를 타고 떠나는 이 여행은 육체적 생명력을 만끽하고자 하는 욕망의 여성이다. 그리고 그 욕망은 성적 관능으로 부풀어 오른 꿈이다. "심장이 터지도록 페달을 밟고" "너를 말처럼 타고 달려" 한 몸이 되고자 하는 욕망은 자기-육체의 절정, 나아가 온전한 관능성을 누리기 원하는 열렬한 소망이다. 이 소망이야말로 어찌해볼 수 없는 불임과 불모의 생(生)에 대한 탈출의 욕망인 셈이다. 물론 그 바람은 "도둑만이 가질 수 있는", 다시 말해 현실의 바깥에 놓여 있어서 '내 것'이 될 수 없는 꿈이다. "도둑만이 가질 수 있는 세상에서 가장 아름다운 자전거"는 진정으로 소유할 수 없는 인간의 꿈, 우리의 것이 아니어서 영원히 아름다운 '바깥의 꿈'을 그림으로써 궁극적으로 인간 존재의 근원적 결여를 그려낸다.

『기타 치는 노인처럼』은 고통과 동거하는 한 존재의 건조한 내면을 우리에게 보여준다. 그가 그려내는 현실은 주어진 생의 무게를 가까스로 지고 살아가는 순(順)한 인간들의 한없이 쓸쓸한 삶의 안쪽을 생각하게 한다. 그것은 마치 생명을 부여한 어떤 존재의 뒤에서 그가 "내게로 돌아설 때까지" 묵묵한 슬픔 속에 "머뭇거리며 서 있"어야 하는 피조물의 풍경을 연상시킨다. 그의 시에서 오래된 종교적 주제를 생각하게 되는 것은 이 때문이다. "세상에서 가장 아름다운 자전거"는 "도둑만이 가질 수 있"는 것이라는 인식은 우리의 꿈이 궤도 바깥의 것임을 생각하게 한다. "너를 말처럼 타고" "갈기를 날리며 한 몸이 되"는 저 지극한 생명에의 꿈, 그것은 인간이 어떤 존재인가를 가장 확실하게 웅변하는, 영원히 해소할 수 없는 욕망인 것이다. 고통을 습기의 언어로써 드러내지 않는 김승강의 시세계에 매우 드물게 출현한 이 강렬한 희원(希願)의 언술은 그가 얼마나 깊이 앓고 있는가

를 역설적으로 보여준다. 나는 저 싱싱한 욕망에서 그의
깊은 고통을 본다. 아, 코끼리처럼 묵묵한 그를 물고 있
는 생의 저 아가리!

문예중앙시선 003

기타 치는 노인처럼

초판 1쇄 발행 | 2011년 4월 15일

지은이 | 김승강
발행인 | 김우석
편집장 | 원미선
책임편집 | 박민주
편집 | 박성근
마케팅 | 공태훈, 김동현, 석평자

디자인 | 오필민디자인
인쇄 | 동양인쇄

발행처 | 중앙북스(주)
등록 | 2007년 2월 13일 (제2-4561호)
주소 | (100-732) 서울시 중구 순화동 2-6번지
전화 | 1588-0950
홈페이지 | www.joongangbooks.co.kr

ISBN 978-89-278-0203-7 03810